www.tredition.de

AF177500

Lothar Jakob Christ

Deutschkrimi
' Toter, Pariser Straße'

www.tredition.de

© 2019 Lothar Jakob Christ

Verlag & Druck: tredition GmbH, Halenreie 40-44,
22359 Hamburg

ISBN
Paperback: 978-3-7482-8754-4
Hardcover: 978-3-7482-8755-1
e-Book: 978-3-7482-8756-8

Es war wieder einmal eine dieser Nächte, in denen Max so gut wie gar nicht geschlafen hat.

Lange schon liegt er wach auf seinem Schlaflager.

Durch das kleine Fenster im oberen Drittel an der Stirnwand seines Raumes erkennt er im Osten die Morgenröte an einem leicht bewölkten Himmel aufgehen. Es ist Juni und die Nacht war recht lau.

Gleich wird die Amsel beginnen ihr Morgenlied zu singen. Max hatte den Gedanken noch nicht ganz zu Ende gedacht, da begann der Morgenbote sein Lied zu trällern.

Er weiß genau wo die Amsel sitzt.

Oben auf der Spitze des Baumes, der mitten im Hof unten vor seinem Fenster steht. Um aus dem Fenster zu schauen, muss sich Max auf den Holzstuhl stellen, der gegenüber der Schlafpritsche an dem Wandregal steht, dessen unteres Brett er als Tisch benutzt.

Max erhebt sich von seinem Bett, zieht den Stuhl an die Stirnwand und steigt hinauf.

Jetzt kann er durch das vergitterte Fenster hinunter in den Hof schauen. Dort unten auf der Baumspitze sitzt der schwarze Vogel. Es ist, als würde die Amsel exklusive für Max ein Konzert geben, was Max schon so oft auf dem Stuhl stehend und aus dem Fenster schauend genossen hat.

Dann öffnet der Vogel die Schwingen, erhebt sich von seinem Baumwipfel und fliegt über die hohen Mauern hinaus in das hessische Bergland.

Ein Privileg, das Max mit der Amsel nicht teilen darf.

Seit nahezu drei Jahren ist er nun schon hier.

Lebenslänglich wegen Mordes an einem Kioskbesitzer in Friedberg lautete das Urteil, das Max voller Demut angenommen hat. Ende vierzig ist Max, wenn er das hier überstanden haben wird, dann ist er über sechzig, wenn er zum ersten Mal an Haftentlassung denken darf.

Und was dann? Wird er da draußen außerhalb der Gefängnismauern einfach wieder so weiter leben können, so unbescholten wie früher? Anerkannt von Nachbarn und Kollegen. Gerne gesehen am Stammtisch und an Sonntagnachmittagen zum Boule-Spiel unten am Sachsenhäuser Mainufer.

Nie hatte er sich etwas zuschulden kommen lassen. Was ein Glück, als sich am 9. November 1989 die Mauer in Berlin für Max öffnete. Plötzlich stand ihm die Welt offen. Er konnte hingehen, wohin er wollte, er musste niemanden fragen was er lernen oder studieren möchte.

Er war gerade volljährig, von einem Tag auf den anderen frei wie eine Amsel.

Max absolvierte eine Bankkaufmanns-Lehre, studierte parallel BWL und ging zur Jahrtausendwende nach Frankfurt. Die Banken Stadt schlechthin!

Er kaufte diese kleine aber luxuriöse Wohnung am Museumsufer in Sachsenhausen und genoss sein Leben.

Nichts und niemand, auch Max selbst nicht, hätte je geglaubt, dass er irgendwann einmal, lebenslänglich wegen eines Mordes hinter Gittern landen würde.

Auch heute quälen Max hin und wieder Zweifel. Er kann sich nicht daran erinnern einen Menschen getötet zu haben. Er kann sich noch nicht einmal erinnern, jemals in Friedberg gewesen zu sein. Als sie ihn nach der besagten Nacht fanden, da war er fast tot. Hochgradig ins Delirium gesoffen, dass man ihn überhaupt lebend fand, verdankt Max wahrscheinlich seinem bis dahin tadellosen Lebenswandel.

Als er an diesem Tag bis zum Nachmittag unentschuldigt in der Bank fehlte, informierte sein Chef die Polizei. Als dann die Feuerwehr die Wohnungstür aufbrach, bekam Max davon nichts mit. Erst als er an Infusion-Flaschen hängend zum Abtransport in das Krankenhaus fertig gemacht wurde, hörte Max einen der Sanitäter sagen:

„Dass ein Mensch so besoffen sein kann hätte ich nicht geglaubt! Dass man so einen Suff überleben kann? Unglaublich!"

Mit den Infusionen hatten sie Max in der Uni-Klinik gegen Abend wieder unter die Lebenden geholt.

Erinnern konnte sich Max an nichts. Der Filmriss war bereits gegen zwölf am Vortag.

Das war ein Sonntag. Und das letzte, an was sich Max erinnern konnte, das war das Zwölfuhr-Geläut der Dreikönig Kirche.

Umso erstaunter war er, als gegen 21 Uhr zwei Kriminalbeamte in Begleitung von zwei uniformierten Polizisten das Krankenzimmer, indem Max alleine stationiert war, betraten.

„Guten Abend, ich bin Hauptkommissar Steeger von der Mordkommission, sind Sie Herr Max Schmeller."

„Ja, der bin ich. Aber was habe ich getan, dass Sie nach mir suchen?"

„Herr Schmeller, wo waren Sie letzte Nacht zwischen ein und drei Uhr?"

„Das weiß ich nicht. Im Zweifel zu Hause in meiner Wohnung in Sachsenhausen."

„Herr Schmeller, kann es sein, dass Sie letzte Nacht in Friedberg waren?"

„Wie kommen sie darauf? Noch nie in meinem Leben war ich in Friedberg!"

„Herr Schmeller es gibt einen dringenden Tatverdacht gegen Sie, dass Sie heute Nacht in einen Kiosk in Friedberg eingedrungen sind und den Besitzer des Kiosks, einen 73-jährigen Mann mit dem Namen Bernd Meier mit einem großen Küchenmesser getötet haben. Kennen Sie Herrn Bernd Meier?"

„Nein, ich kenne keinen Bernd Meier, wie kommen Sie eigentlich darauf, dass ich in diesem Kiosk gewesen sein soll?"

„Herr Schmeller, im Kiosk gab es eine Videoüberwachung, die den Eindringling erfasst hat. Die Bilder der Videoaufzeichnung wurden heute Abend in der Tagesschau gezeigt und man hat uns daraufhin informiert, dass Sie hier im Klinikum eingeliefert wurden.

Der Mann auf dem Video, ohne weiteren Untersuchungen vorgreifen zu wollen, das sind mit großer Wahrscheinlichkeit Sie, Herr Schmeller."

Hauptkommissar Steeger reichte Max ein Foto aus der Videoaufnahme und dieser erschrak sich fast zu Tode.

Das Gesicht unter der Pudelmütze das war er, Max Schmeller. Und als man später, am Tatort gefundenes DNA Material ebenfalls Max Schmeller zuordnen konnte, da hatte sich der Kreis der Indizien geschlossen. Und auch Max hatte große Zweifel daran, ob er denn wirklich unschuldig war.

In der Hauptverhandlung, kurz vor der Urteilsverkündung sagte Max, als ihm das letzte Wort erteilt wurde:

„Sehr geehrtes Gericht, ich kann mich nach wie vor nicht an die Geschehnisse in der besagten Nacht erinnern. Nach wie vor glaube ich, dass ich niemals in meinem Leben in Friedberg gewesen bin. Deshalb kann ich mich auch nicht schuldig bekennen, diese Mordtat begangen zu haben.

Auf der anderen Seite sind die Indizien gegen mich so stark, dass ich selbst Zweifel habe. Die Person auf den Tatort Bildern hat in der Tat eine sehr große Ähnlichkeit mit mir und meiner am Tatort gefundenen DNA Spuren sind eigentlich über jeden Zweifel erhaben. Ich gebe mein Schicksal nun in Ihre Hand und ich bedanke mich bei meinem Pflichtverteidiger Herr Dr. Hubert von Hohenstein für sein Bemühen."

Im Namen des Volkes erging dann das Urteil.

Lebenslänglich wegen Mordes.

Die bis dahin tadellose Lebensführung des Angeklagten war dabei insofern berücksichtigt, das keine besondere Schwere festgestellt wurde und einer Haftverschonung nach Ablauf von 15 Jahren sehr wahrscheinlich stattgegeben würde.

Drei Jahre sind seitdem vergangen. Max arbeitet in der Buchhaltung der Haftanstalt und ist unter anderem für die Entgelt-Abrechnung der Häftlinge verantwortlich.

Freunde oder besser gesagt freundschaftliche Beziehungen hat er jedoch bis auf eine Ausnahme zu niemanden aufgebaut.

Die meisten hier haben jemanden umgebracht.

Viele sind wegen Mordes verurteilt, die anderen wegen Totschlag. Es gibt Hierarchien hier im Knast zu beachten.

Das sagen unter den Häftlingen, das haben die aus dem Rocker Milieu gefolgt von den Glan Familien. Ganz schlimm, wenn die untereinander konkurrieren.

Den schwersten Stand haben Kindermörder, gefolgt von denen, die Frauen oder hilflose Menschen getötet haben.

Max war in den ersten Monaten bemüht nicht aufzufallen und hielt sich weitestgehend isoliert von den Gruppen auf. Auch beim Hofgang drehte er seine Runden um den Baum im Zentrum des Hofes gerne alleine. Max genoss diese Hofgänge, gleich bei welchem Wetter.

Er beobachtete mit Vorliebe Insekten, die zwischen den Kieswegen krabbelten oder in den Blumenrabatten schwirrten.

Eines Tages fand Max einen Schmetterling auf dem Weg sitzen. Er nahm ihn vorsichtig auf den

Finger und setzte ihn auf eine Stiefmütterchen Blüte in eines den Rundweg begrenzenden Blumenrabatte.

Von der Bank neben dem Blumenrabatt raunzte ihn eine tiefe brummige Stimme an.

„Und warum bist Du hier? Umgebracht hast Du doch bestimmt keinen?"

„Mord an einem Kioskbesitzer, aber ich weiß es nicht genau, ich kann mich nicht erinnern."

„Ich habe meine Frau erschlagen, obwohl sie mich jahrelang gequält und gedemütigt hat, war es aber doch ein Versehen.

In all den Jahren, in denen ich ihre Gemeinheiten ertragen musste, habe ich nur ein einziges Mal zurückgeschlagen. Verstehst du? Ein einziges Mal.

Sie ist nach hinten umgefallen wie ein Brett. Das Genick hat sie sich gebrochen, als sie auf der Kante der Spüle aufschlug. War sofort Tod!

Dr. von Hohenstein hat Freispruch für mich gefordert. Er war 100 % auf meiner Seite und meinte sogar einmal in einem Vieraugengespräch, dass er sie an meiner Stelle schon viel früher erschlagen hätte.

Sechs Jahre für Totschlag habe ich bekommen."

„Dr. von Hohenstein hat dich verteidigt?"

„War mein Pflichtverteidiger! Netter Typ."

„Ja, in der Tat, Dr. von Hohenstein war auch mein Pflichtverteidiger gewesen."

Aus dieser kurzen Begegnung hat sich in den letzten Monaten eine Knastfreundschaft entwickelt.

Max tat das sehr gut.

Zum einen gehörte Benni, so hieß der Freund, hier eigentlich genauso wenig hin wie Max hierhin gehörte.

Zum anderen war Benni ein Hüne der 2,08 m groß und 150 kg schwer war. Mit dem legten sich selbst die Rocker nicht an. So einen zum Freund zu haben, das war hier in dieser eigenen Welt der Haftanstalt wie eine Versicherung für ein einigermaßen ruhiges Leben. Zudem war Benni sehr sanftmütig und Max hat sich mit ihm gerne während den Hofgängen unterhalten. Es schien so, als würde sich das Wachpersonal ebenfalls mit der Freundschaft von Max und Benni zufrieden zeigen.

Auf jeden Fall gab es mit den beiden, wenigstens zwei, mit denen man keine Probleme hatte.

„Scheiße",

schrie Hauptkommissar Felix Schmadtke in das Telefon. „Es ist 2:45 Uhr! Mitten in der Nacht! Was gibt es denn Wichtiges, um mich in meiner Nachtruhe zu stören?"

„Entschuldigen Sie bitte Herr Schmadtke, man sagte mir, Sie hätten Bereitschaft und ich soll Sie anrufen wegen des Toten in der Pariser Straße."

„Wegen dem Toten? Was ist passiert?"

„Gegen 1:30 wurde die Polizeiwache wohl vom Täter selbst angerufen und darauf hingewiesen, dass in der Pariser Straße ein Mord geschehen sei. Die Kollegen von der Streife haben dann von der Feuerwehr die Wohnung öffnen lassen und den Toten gefunden.

Ein älterer Mann, Dr. Edwin Kowalski, die SpuSi ist auch schon dort."

„Wenn ihr mich schon mitten in der Nacht aus dem Schlaf reißen müsst, dann könntet ihr das wenigstens machen, bevor ihr die Spurensicherung informiert. Wenn ich jetzt an den Tatort komme, dann haben die von der SpuSi alles Verwendbare schon für sich in Anspruch genommen."

„Entschuldigen Sie, Herr Schmadtke."

„,Schon gut, Sie können ja am wenigsten dafür. Ich fahre gleich los und bin in ca. einer halben Stunde in der Pariser Straße."

Felix Schmadtke putzte sich noch schnell die Zähne, sprang in seine Levi's, zog sich ein frisches T-Shirt über und schlüpfte in die Schimanski-Jacke, ohne die er sich nicht wirklich als HK bei der Mordkommission fühlte.

Von Mainz-Laubenheim bis in die Pariser Straße benötigt er im alten 3er BMW ca. 15 Minuten. Er stoppte an der Aral-Station am Anfang der Pariser Straße.

Um kurz nach drei war hier nichts los. Herbert hatte Nachtschicht.

„Guude Herbert, bist du wach? Ich hätte gerne einen Cafe to Go zum Mitnehmen."

„Hallo Felix, was issen passiert, dass de Kommissar hier mitten in de Nacht auftaucht? Und übrigens, enn Cafe to Go is immer zum Mitnehmen, ich weiß gar nicht wie oft ich dir das schon gesagt habe."

„Ist ja gut. Sind die Donut frisch?"

„Von gestern Abend, frischer geht nicht. Willst du enn große to Go?"

„Ja bitte und zwei Donut mit Schoko."

„Hier, enn große to Go und zwee Donut, macht 5,80 €. Aber was iss dann passiert."

„Sechs Euro, stimmt so. Ich weiß noch nicht. In der Pariser Straße soll ein Toter auf mich warten."

„Na dann, viele Grüße von mir. Viel Spaß."

„Blödmann!"

Es war kurz nach drei Uhr als Felix, in der einen Hand einen Cafe to Go und in der anderen einen Schoko-Donut, den Tatort betrat. Die Kollegen von der Spurensicherung hatten schon überall ihre Nummernschildchen aufgestellt. Im Sessel ein älterer Mann, ende achtzig. Wenn da nicht der rote runde Blutfleck auf der linken Brusthälfte gewesen wäre, hätte man glauben können, dass er schläft.

„Könnt ihr sagen, wann das passiert ist? Wer ist der Mann? Irgendwas Besonderes. Hat mal jemand ein Tempo, scheiß Schokolade."

„Muss so zwischen halb eins und halb zwei gewesen sein. Der Anruf wurde um halb zwei in der Zentrale registriert. Es handelt sich um einen Dr. Edwin Kowalski.

Der war Oberarzt in den Uni-Kliniken. Gynäkologe. Aber schon lange im Ruhestand. Einen Kampf gab es ganz offensichtlich nicht. Es wurde nach Augenschein auch nichts aus der Wohnung entwendet. Sieht aus, als hätte der Täter völlig unvermittelt und überraschend für das Opfer zugestochen.

Die Tatwaffe hat der Täter mitgenommen.

Könnte eine super scharfe Stilett-Klinge gewesen sein.

Ist wirklich ein sauberer Stich! Mitten in das Herz.

Leiden musste der Opa nicht.

Der Täter scheint jedoch kein Profikiller zu sein, zumindest hat er uns offensichtlich eine schöne Spur hinterlassen. Unzweifelhaft hat der Täter einen Espresso getrunken und dazu eine Zigarette geraucht. Die Kippe hat er auf dem Unterteller der Tasse ausgedrückt.

Der Alte war wohl Nichtraucher, einen Aschenbecher gab es jedenfalls hier im Wohnzimmer nicht.

Und die kleine Kümmerling Flasche wurde wohl auch vom Täter konsumiert, so nah wie sie an der Tasse stand. DNA Spuren, also ohne Ende."

„OK, dann müssen wir nur hoffen, dass wir DNA Daten des Täters bereits im Computer haben. Wenn ja, dann wird das ein Selbstläufer. Ich lege nachher eine Akte an und warte auf den Laborbericht. Wann kann ich mit den Laborergebnissen rechnen?"

„Wir sind hier jetzt fertig. Um acht kann ich den Kollegen im Labor die Kippe und die Schnapsflasche übergeben. Ich frage, ob sie bis zum Nachmittag etwas sagen können."

„Das ist doch mal eine Ansage. Ich rufe dann um 16:00 Uhr bei den Kollegen an. Hat jemand einen Leichenwagen bestellt?"

„Der ist unterwegs. Wir lassen die Leiche zum Pulverturm bringen damit die Kollegen von der Rechtsmedizin auch noch ein wenig Spaß haben."

„Das war es dann hier. Ich fahre nach Hause und lege mich noch ne Stunde aufs Ohr.

Hat noch jemand ein Tempo für mich?"

Als Hauptkommissar Schmadtke aufwachte, war es bereits nach elf Uhr. Er stand auf, rasierte und duschte sich. Danach brühte er sich einen Kaffee und erinnerte sich, dass er unten im BMW noch einen Schoko-Donut liegen hatte.

Gegen 14:00 Uhr kam er in das Kommissariat.

Er legte die Akte 'Toter; Pariser Straße' an und um 15:30 Uhr kam Kommissar Florian Heinen zu Felix Schmadtke in das Büro.

„Hallo Felix, hier habe ich die Ergebnisse aus dem Labor in der Sache 'Toter; Pariser Straße', die wurden vor einer halben Stunde mit dem Kurier geschickt."

„Was ist denn mit denen los? Wollen die in Urlaub?"

„Kann schon sein Felix. Morgen ist Fronleichnam und am Freitag ein Brückentag."

„Na, Flo, dann gib mal rüber. Bin gespannt was die herausbekommen haben?"

Felix Schmadtke öffnete den Hauspostumschlag und überflog den allgemeinen Blabla. Dann wurde es interessanter. An dem Schnapsfläschchen, der Kippe und der Espresso-Tasse überall die gleichen DNA Spuren, die allesamt dem Täter zuzuordnen waren.

Und dann ein Hinweis darauf, dass die DNA als genetischer Fingerabdruck bereits in den Computern des Bundeskriminalamtes hinterlegt war und eindeutig einem gewissen Herrn Max Schmeller geb. 17.04.1971 zuzuordnen sind.

„Flo, ich glaube es nicht. Bis auf die Adresse hat uns der Täter von heute Nacht alles hinterlassen, was wir benötigen. Überprüfe bei der Meldebehörde bitte einmal wo ein gewisser Max Schmeller geb. am 17.04.1971 seinen ständigen Aufenthaltsort hat.

Dann fahren wir dorthin und holen ihn ab. Danach können wir den Fall als erledigt abschließen. Langweilig, oder?"

Florian Heinen ging zurück an seinen Schreibtisch und setzte sich mit den Meldebehörden in Verbindung. Keine volle Stunde benötigte er für seine Abfragen, um dann mit den Ergebnissen zurück zu Felix Schmadtke in dessen Büro zu gehen.

„Felix, ich habe alles zusammen, aber ich glaube, nun wird es wieder spannend."

„Wie, wird wieder spannend? Was hast du denn herausgefunden?"

„Max Schmeller wohnt in Hessen. Seine Adresse lautet Max Schmeller, Kleeberger Straße 23, 35510 Butzbach."

„Na ja, Hessen, dann informiere die Kollegen in Wiesbaden. Die sollen veranlassen, dass man den Schmeller zu Hause besucht und uns hier abliefert."

„Felix, in Butzbach, in der Kleeberger Straße, dort ist die Justiz-Vollzugs-Anstalt und dieser Max Schmeller sitzt dort seit drei Jahren wegen Mordes ein. Der hat ein wasserdichtes Alibi für die letzte Nacht und wenn nicht, dann hätten die hessischen Kollegen ein richtiges Problem."

„Das gibt es doch nicht! Verbinde mich bitte mit den Laborratten, da hat doch einer einen Fehler gemacht in Vorfreude auf den Brückentag. Den können die sich abschminken, darauf kannst du Einen lassen."

„Felix, am Telefon ist Dr. Specht."

„Hallo Alex, Felix hier. Ich habe gerade euren Bericht bekommen."

„So schnell hast du damit nicht gerechnet, oder?"

„Hör auf. Alex, den Bericht kannst du in der Pfeife rauchen. Bullshit."

„Felix, jetzt bekomme dich doch wieder ein, was ist den an dem Bericht verkehrt. Die DNA Spuren sind eindeutig. Nichts vermischt, nichts verwischt, alles ganz klar dem Täter zuzuordnen. Die Leiche haben wir soweit auch untersucht. Todesursache war ein Stich in das Herz, ganz saubere Sache. Eigentlich ein schöner Tod."

„Alex, die Sache hat nur einen Hacken. Dieser Max Schmeller, dem ihr die DNA eindeutig zuordnet, der sitzt seit drei Jahren in der JVA Butzbach, wegen Mordes an einem Friedberger Kioskbesitzer.

Der hat ein Alibi, das ist so wasserdicht wie die Nautilus.

Ich habe bereits mit Butzbach telefoniert, ausgeschlossen, dass der heute Nacht in Mainz in der Pariser Straße einen Espresso und ein Zigarettchen genossen hat, um dann mit einem Kümmerling auf die Freiheit anzustoßen. Ausgeschlossen, hörst du Alex!

Ich erwarte, dass ihr die Tests im Labor alle noch einmal überprüft."

„Machen wir, Montagnachmittag bekommst du die Ergebnisse."

„Wann? Alex, hör auf zu scherzen."

„Morgen ist Feiertag und am Freitag ist keiner hier im Labor."

„Den Feiertag und die Brücke die könnt ihr euch sonst wo hinstecken."

„Felix, ich wünsche dir ein schönes langes Wochenende. Am Montag gegen 15:00 Uhr hast du die Ergebnisse. Bis dahin liegt Dr. Kowalski kühl und Max Schmeller wird gut bewacht."

„Ja Alex und ein Mörder läuft frei durch Mainz. Leck mich doch."

„Aber Felix, was hast du denn erwartet. Wir haben die gleiche Kippe und die gleiche Schnapsflasche nochmals untersucht. Da hat sich nichts verändert. Warum sollte dabei nun im Ergebnis etwas anderes herauskommen?"

„Weil dieser Max Schmeller, dessen DNA ihr hier festgestellt haben wollt, als Täter weniger infrage kommt als du. Der Schmeller hat in der JVA Butzbach Vollpension gebucht. Der kann es verdammt noch mal nicht gewesen sein.

Ist es denn wirklich möglich, dass zwei Menschen einen absolut identischen genetischen Fingerabdruck besitzen?"

Diese Frage konnte Dr. Alex Specht beantworten und er klärte Felix darüber auf, dass eineiige Zwillinge identische DNA haben.

Das ist die einzige Möglichkeit. Zumindest hat man in den letzten Jahren akzeptieren müssen, dass eineiige Zwillinge die gleiche DNA aufweisen, fuhr Alex Specht weiter aus. Und im Großen und Ganzen stimmt das auch, da sich befruchtete Eizellen im frühen Stadium der Entwicklung in zwei Embryonalanlagen aufteilen. So entstehen zwei Keime, aus denen zwei Menschen mit demselben Erbgut heranreifen. Rund neun Monate später werden diese beiden Menschen geboren und gleichen sich wie ein Ei dem anderen.

Schaut man jedoch etwas genauer hin, dann kann man erkennen, dass das Erbgut eineiiger Zwillinge in Wirklichkeit nicht zu 100 % identisch ist. Für eineiige Zwillinge bedeutet das, dass verzwickte Kriminalfälle sich nun lösen lassen und auch Vaterschaftstest bei eineiigen Zwillingen möglich sind.

„Das bedeutet ihr könntet die DNA von eineiigen Zwillingen individualisieren? Warum macht ihr das dann nicht in diesem Fall Alex? Ist dieser Kriminalfall nicht verzwickt genug?"

„Felix, ich verstehe deine Emotion, aber wir stehen bei der Sache mit dem Toten aus der Pariser Straße doch ganz am Anfang. Und obendrein steckt der Teufel bei der Individualisierung von DNA eineiiger Zwillinge wie bei vielem Anderen im Detail. Eineiige Zwillinge können durch Punktmutation identifiziert und unterschieden werden. Diese

Punktmutationen treten während der frühesten Embryonalentwicklung auf und werden an jeden Gewebetyp weitergegeben, der sich früher oder später im menschlichen Körper entwickelt. Sind diese minimalen Mutationen nicht letal und wirken sich auch sonst nicht negativ auf den Organismus aus, dann werden sie zwangsläufig beibehalten und können fortan als Unterscheidungsmerkmal auf genetischer Ebene dienen.

Punktmutationen kann man beispielsweise mithilfe von DNA-Sequenzierungen identifizieren und die Unterschiede zwischen zwei Zwillingen somit Stück für Stück herausarbeiten."

„Ich weiß nicht, ob ich alles verstehe, was du mir sagst. Aber heißt das, wenn ihr die DNA aus dem Friedberger Kiosk und aus der Wohnung aus der Pariser Straße vergleicht, dann könntet ihr diese individuell zuordnen?"

„Ja und nein! Für Forensiker ist es schwer zu erkennen, welche Gene durch Umwelteinflüsse ein oder ausgeschaltet wurden und es lässt sich in den meist spärlichen DNA-Funden von Tatorten nicht nachvollziehen.

Um das zu erkennen würden wir von jedem Zwilling ein vollständiges Genom benötigen.

Nun will die Forschung jedoch einen Test für die schnellere Identifizierung entwickeln. Dann könnten ungeklärte Fälle wie der KaDeWe-Raub wieder aufgenommen und wahrscheinlich gelöst werden."

„Gut Alex oder vielmehr nicht gut. Aber dieser Max Schmeller in Butzbach, dar muss definitiv ein eineiiger Zwilling sein? Gleich, ob er die Tat in Friedberg selbst begangen hat oder ob auch dort der unbekannte aus der Pariser Straße am Werk war, oder?"

„Ja Felix, das ist unstrittig! Max Schmeller muss zu 100 % einen eineiigen Zwillingsbruder haben. Keine andere Möglichkeit ist hier wahrscheinlich."

„Danke Alex, entschuldige bitte meine zwischenzeitlichen Emotionen, war nicht persönlich gemeint. Danke noch mal!"

Der Fall, der in der Nacht am Tatort langweilig zu werden schien, wurde nun immer spannender und mysteriöser.

Wenn man den Mord in Friedberg Hessen in Verbindung brachte mit dem Mord in Mainz RheinlandPfalz, dann hatten wir zwei Tote. Von beiden Tatorten Täter DNA die eindeutig einem Menschen zugeordnet werden konnte.

Der für die Tat in Friedberg verurteilte hat den Mord an dem Kioskbesitzer nie zu 100 % gestanden.

Obwohl ihm die in Mainz gefunden DNA ebenfalls zuzuordnen war, konnte er diesen Mord auf keinem Fall durchgeführt haben.

Andere, als die DNA Spuren von Max Schmeller, gab es weder in Friedberg noch in Mainz.

Ob die beiden Verbrechen überhaupt einen Zusammenhang hatten, war eine weitere offene Frage.

Hätte man nicht DNA Spuren gefunden, die man Max Schmeller hätte zuordnen können, man wäre höchstwahrscheinlich niemals darauf gekommen, dass die Morde am Kioskbesitzer in Friedberg, einen Zusammenhang mit dem Mord an dem Gynäkologe in Mainz haben könnten.

Eine Sonderkommission wurde ins Leben gerufen. Wesentliche Mitglieder wurden Hauptkommissar Felix Schmadtke aus Mainz und Hauptkommissar Wilhelm Steeger aus Frankfurt, der sich vor ca. drei Jahren mit dem Friedberger Mord beschäftigen musste. Dazu kamen die Kommissare Florian Heinen aus Mainz und Tok Ömür aus Frankfurt.

Als gute Seele und Mädchen für fast alles wurde der SoKo als Sekretärin, Sybille Meierhöfer abgeordnet.

Billi, wie Frau Meierhöfer von allen genannt wurde, organisierte als Erstes einen Besuchstermin in der JVA Butzbach, wo Willi Steeger und Felix Schmadtke mit Max Schmeller sprechen wollten. Der Termin musste jedoch etwas nach hinten geschoben werden, weil Willi Steeger einen Kurzurlaub gebucht hatte.

„Du Benni, am 3. Juli bekomme ich Besuch."

„Du bekommst Besuch? Sagtest du nicht, dass es nur deine Mutter gibt und die würde in einem Pflegeheim in Berlin leben und nicht reden, seit der Wiedervereinigung, am 3. Oktober 1990."

„Zwei von der Kripo haben sich angemeldet. Der Willi Steeger, der damals die Sache in Friedberg bearbeitet hat und ein Felix Schmadtke aus Mainz. Weiß nicht was die wollen."

„Und? Hast du deinen Anwalt informiert?"

„Welchen Anwalt, ich habe doch keinen Anwalt."

„Und der von Hohenstein? Du sagtest doch, dass der von Hohenstein dich verteidigt hat?"

„Ja, das war mein Pflichtverteidiger, meinst du, den kann ich einfach anrufen?"

„He ihr zwei auf der Bank. Was gibt es denn da so wichtiges zu quatschen? Auf jetzt, der Hofgang ist zu Ende."

„Max, setze dich auf jeden Fall mit von Hohenstein in Verbindung, weiß Gott was die Bullen von dir wollen. Wir sind hier zwar eingesperrt, aber nicht im rechtsfreien Raum."

Zwei Tage nach diesem Gespräch mit Benni traf Max Schmeller im Besucherzimmer der JVA Butzbach auf Dr. Hubert von Hohenstein.

„Hallo Herr Schmeller, wie geht es Ihnen."

„Wie es einem Wellensittich eben so geht. Drei Jahre sitze ich nun schon hinter Gittern. Ich bekomme zu essen und zu trinken, habe in der Buchhaltung hier eine einigermaßen sinnvolle Beschäftigung und habe mich mit der Situation einigermaßen abgefunden.

Sind ja nur noch zwölf Jahre."

„Oder weniger Herr Schmeller. Es kann sein, dass sich in Ihrem Fall eine völlig neue Situation darstellt."

„Wie meinen Sie das Herr von Hohenstein. Welche völlig neue Situation?"

„Ich hatte noch keine Akteneinsicht, dazu benötige ich Ihre Beauftragung. Aber soweit ich informiert wurde, gab es in Mainz ein Verbrechen, an dessen Tatort DNA Spuren gefunden wurden, die man wohl Ihnen zuordnet."

„Das hatten wir doch schon einmal, oder?"

„Ja eben darum, wenn sich das in der Aktenlage bestätigt, dann haben wir in dem Friedberger Fall plötzlich eine völlig neue Gemengelage."

„Und was bedeutet das Herr von Hohenstein?"

„Das kann ich Ihnen noch nicht sagen, dazu brauche ich Akteneinsicht. Aber wenn, das so ist, dass man in Mainz die gleiche DNA gefunden hat wie in Friedberg, dann wird man Ihr Verfahren wieder aufnehmen müssen."

„Und was kostet das, kann ich mir das denn leisten Herr von Hohenstein?"

„Herr Schmeller, soweit sind wir noch nicht, beauftragen Sie mich mit einem Mandat für Sie. Dann werde ich mir Akteneinsicht verschaffen. Wenn es danach wirklich zu einer Wiederaufnahme Ihres Verfahrens kommt und Sie eventuell freigesprochen würden, dann bekommen Sie noch etwas raus.

Und die Kosten müsste die Staatskasse tragen. Aber noch mal: So weit sind wir noch nicht."

„Übermorgen bekomme ich Besuch von der Kripo, wie soll ich mich da verhalten?"

„Ich glaube nicht, dass der Termin stattfindet. Ich habe darauf hingedeutet, dass ich Sie vertreten werde.

Bevor ich Akteneinsicht hatte, wird jetzt nichts passieren. Sollte doch jemand von der Kripo mit Ihnen sprechen wollen, dann verweisen Sie bitte auf mich und machen sie von Ihrem Aussageverweigerungsrecht Gebrauch…"

„Ich bin so aufgeregt Herr von Hohenstein, was muss ich jetzt machen?"

„Jetzt müssen Sie sich erst einmal beruhigen, hier unterschreiben Sie meine Beauftragung, wegen möglicher Kosten machen Sie sich bitte keine Gedanken. Wenn ich die Akten eingesehen habe komme ich wieder zu Ihnen, dann sehen wir weiter.

Eine Frage habe ich jedoch an Sie: Sagen Sie, haben Sie einen Zwillingsbruder?"

„Nein, wie kommen Sie denn darauf. Ich bin ein Einzelkind geboren am 17.04.1971 bestätigt durch meine Geburtsurkunde vom Standesamt Berlin Weißensee drei Tage später."

„War nur so eine Frage. Auf Wiedersehen Herr Schmeller. Ich denke wir sehen uns in spätestens 14 Tagen wieder."

„Auf Wiedersehen Herr von Hohenstein, vielen Dank."

„Nichts zu Danken, ist noch nichts passiert, wofür Sie sich bedanken müssten, bis dann Herr Schmeller, nur Mut und vertrauen Sie mir."

Am Tag nach Dr. von Hohensteins Besuch bekam Max Schmeller die Nachricht, dass der Besuchstermin mit den Herren Schmadtke und Steeger abgesagt wurde.

Dr. Hubert von Hohenstein hatte seine Kanzlei in Wiesbaden. In einem der schönen Stadthäuser auf der Wilhelm Straße bewohnte er im vierten Stock zwei riesige Wohnungen.

In der einen lebte er mit immer wieder wechselnden Lebensabschnitt Gefährtinnen.

Während er in der anderen Wohnung seine Kanzlei untergebracht hatte.

Dort beschäftigte er mehrere Anwälte und Anwaltsgehilfen. Überwiegend handelte es sich um gut betuchte Klientel, welche die Dienste der Kanzlei von Hohenstein in Anspruch nahmen.

Hubert von Hohenstein selbst kümmerte sich gerne um Strafverfahren denen etwas Geheimnisvolles und manchmal mysteriöses anhaftete.

Dabei blendete er, wenn es sein musste auch wirtschaftliche Interessen aus, das war ihm sein Hobby, wenn man das so nennen will, schon wert.

Auf der anderen Seite brachten ihm jedoch diese Fälle auch oftmals die nötige Publicity und somit hatten auch Fälle, für die er am Ende keine Entlohnung bekam einen Mehrwert. Der Fall Schmeller war so ein Fall, aber leer sollte er dabei mit hoher Wahrscheinlichkeit nicht ausgehen, denn, dass der Max Schmeller ein Wiederaufnahmeverfahren bekommen wird und, dass dieses auch zu Schmellers Gunsten ausgehen würde, das war von Hohenstein beim Studium der Akten sofort klar.

Nachdem man in Mainz in der Pariser Straße anläßlich des Mordes an einem alten Gynäkologen, die gleiche DNA wie vor drei Jahren in Friedberg gefunden hatte, war es unausweichlich, dass man Max Schmeller postum freisprechen musste. Ungeachtet der vielen sich neu ergebenden Fragen.

Da Schmeller hundertprozentig nicht in Mainz am Tatort in der Pariser Straße gewesen sein konnte, musste er einen eineiigen Zwillingsbruder haben. Alles andere war biologisch absolut ausgeschlossen.

Da wäre es wahrscheinlicher, dass der Schmeller in der besagten Tatnacht doch in Mainz gewesen wäre.

Die Überprüfung des Geburtsregisters in Berlin Weißensee bestätigte jedoch den Hinweis von Max Schmeller, dass er ein Einzelkind ist. Ein Einzelkind, von Herrn Karl-Heinz Schmeller geb. am 05.08.1948 in Potsdam und Frau Helene Schmeller geb. Schmitz geb. am 03.02.1951 in Berlin Köpenick.

Das war ein Umstand an dem sich auch die Mitglieder der SoKo 'Toter; Pariser Straße' die Zähne ausbissen.

Wo sollte man da nun beginnen?

Wo war der Einstieg in diese Sache?

Weil ein Antrag auf ein Wiederaufnahmeverfahren für den Kiosk-Mord in Friedberg bereits bewilligt wurde und ein Freispruch in dieser Sache für Max Schmeller abzusehen war, waren Schmadtke und Steeger ein wenig die Hände gebunden, um im Umfeld von Max Schmeller weitreichende Untersuchungen anzustellen. Aber warum auch, wo sollten sie dort ansetzen. Im Grunde genommen gab es nur Schmellers Mutter.

Diese jedoch fristete ihr Leben in einem Pflegeheim in Berlin Wannsee, da sie seit dem Tag der Wiedervereinigung, am 03.10.1990, kein einziges Wort gesprochen hat.

Demzufolge bemühte man sich in der SoKo darum eine Verbindung zwischen Bernd Meier dem

Kioskbesitzer aus Friedberg und dem Gynäkologen Dr. Edwin Kowalski aus Mainz herzustellen.

Neben dem Wiederaufnahmeverfahren und dem Freibekommen von Max Schmeller, war Hubert von Hohenstein von dem Mysterium des Falles insgesamt elektrifiziert.

In der Biografie des Max Schmeller musste es ein großes Geheimnis geben und um das herauszufinden, das stellte sich von Hohenstein zur Aufgabe.

Ungeachtet der offiziellen Untersuchungen der rheinland-pfälzischen und hessischen Kriminal-Polizei, die in der Sonderkommission 'Toter; Pariser Straße' mindestens genau so engagiert arbeiteten.

Dort jedoch wesentlich durch den Umstand motiviert, dass in Mainz oder Umgebung ein Mörder frei herumlief, von dem man eigentlich nichts wusste, wirklich nichts.

Keine Spur, wenn man von seiner DNA einmal abgesehen hat, kein Motiv, nichts. Wirklich nichts!

Felix Schmadtke und Willi Steeger nahmen sich nun zunächst einmal den Biografien des Gynäkologen und des Kioskbesitzers an.

Felix Schmadtke kümmerte sich, was nahe liegend war, um Dr. Edwin Kowalski.

Immerhin war dieser der Grund dafür, dass man Felix Schmadtke nachts aus dem Schlaf gerissen und in die Pariser Straße zitiert hatte.

Edwin Kowalski wurde am 12. März 1932 in Berlin Zehlendorf geboren.

Sein Vater war Offizier bei der Wehrmacht und ist 1942 in Russland gefallen und irgendwo in einem der großen Grabfelder beerdigt. Frau Kowalski hat davon erst lange nach Kriegende mit Gewissheit erfahren. Als der Kampf um Berlin begann, ging Charlotte Kowalski mit ihrem damals 13 Jahre alten Jungen in ein kleines Nest auf dem Lande in Brandenburg, wo sie die Bombennächte in einigermaßen Sicherheit bei einem Cousin ihres Mannes verbringen durfte. Unmittelbar nach Kriegsende gingen die Beiden zurück nach Berlin. Ihre Wohnung fanden sie komplett zerstört. Eine frühere Nachbarin hatte für Charlotte ein paar Habseligkeiten aus den Trümmern des vierstöckigen Mietshauses gerettet. Alles zusammen passte in eine mittel große Keksdose.

Mehr war Edwin und seiner Mutter von ihrem Vorkriegsleben nicht geblieben.

Irgendwie ermöglichte Frau Kowalski ihrem Sohn, dass dieser in Berlin Neukölln am Albert-Schweitzer-Gymnasium sein Abitur machen konnte. Danach studierte er Medizin und fand eine Anstellung in der Charité. Dort arbeitete Dr. Edwin Kowalski in der gynäkologischen Fakultät, der er Ende der 1980er Jahre vorstand. Obwohl sich Deutschland 1990 wieder vereinigte, wechselte Dr. Kowalski 1992 im Alter von immerhin schon fast 62 Jahren nach Mainz. Dort war er bis kurz vor seinem siebzigsten Geburtstag Oberarzt im Geburtenhaus. Über seine privaten Aktivitäten gibt es wenige Informationen. Auch Freunde befanden sich in seinem Umfeld wohl keine.

Seine Personalakten in Mainz, aber auch die in Berlin sind eher als unspektakulär zu bezeichnen.

Die Akte aus der Charité erscheint darüber hinaus auch unvollständig zu sein.

Er war wohl auch sein Leben lang Junggeselle gewesen und allein lebend.

Seine sexuellen Neigungen? Nicht bekannt!

Die Nachbarn in der Pariser Straße konnten auch nicht viel über Herrn Kowalski berichten.

Zum einen sind die meist kleinen Wohnungen von Personal der Uni-Kliniken belegt und es herrscht eine hohe Mieterfluktuation.

So lange wie Herr Dr. Kowalski hat hier eigentlich keiner gelebt. Ob Kowalski Besuch empfing, konnte niemand so genau sagen.

Dr. Kowalski wäre ein in sich gekehrter ruhiger Mensch gewesen.

Morgens sei er meistens um 8:45 Uhr aus dem Haus gegangen sagte eine alleinstehende ältere Dame in Erdgeschoss. Manchmal hätte er mit ihr gesprochen. Auch habe er erwähnt, dass er in die Universitätsbücherei ginge. Jeden Tag von 9:15 bis 16:30 habe er stolz gesagt. In der Mensa bekäme er etwas zu essen und für die Sonntage nahm er sich Lektüre mit nach Hause.

Er ist aber auch regelmäßig spazieren gegangen, jedoch immer alleine.

Ob sie sich vorstellen könne, warum man Herr Kowalski umgebracht hat?

Nein, das konnte sich die Dame im Erdgeschoss nicht vorstellen.

„Der hat eigentlich niemandem etwas Böses gewollt."

Als Felix Schmadtke seine Ergebnisse über Dr. Edwin Kowalski gemeinsam mit Willi Steeger mit der Biografie von Bernd Meier abstimmte, da kamen eigentlich nicht viele Gemeinsamkeiten zum Vorschein.

Bernd Meier war Jahrgang 1947.

Geboren am 24.12 in Leipzig.

Auch Bernd Meiers Vater stand im Dienste der Nationalsozialisten.

Otto Adolf Meier so hieß Bernds Vater, der allerdings nicht an der Ostfront gefallen ist.

Die gesamte Kriegszeit hinweg war er zu Hause.

Obwohl er 1910 geboren und in den 1930er Jahren somit im besten Mannesalter war.

Jedoch leistete Otto Adolf Meier seinen Dienst an der Heimatfront.

So war er zum Beispiel auch am Aufbau des KZ-Außenlagers Leipzig-Thekla mit verantwortlich.

Leipzig-Thekla war ein Außenlager des KZ Buchenwald, wo Otto Adolf Meier zuvor Dienst leistete.

Als Bernd Meier geboren wurde, war sein Vater 37 Jahre alt. Von der Nazi Vergangenheit hat Bernd Meier mitbekommen, als über das Westfernsehen in den 1960er Jahren von den Frankfurter Auschwitz Prozessen berichtet wurde.

Bernd Meier war damals 17 Jahre alt, als er mit seinem Vater darüber diskutieren wollte und während der Diskussion die Erkenntnis gewinnen musste, dass sein Vater ebenfalls in diese Machenschaften verwickelt war und auch fast 20 Jahre nach Ende des Zweiten Weltkrieges wenig Reue zeigte. Das Gegenteil war der Fall und er versuchte sein Tun noch zu rechtfertigen.

Zwischen Bernd Meier und seinem Vater kam es daraufhin zum Bruch. Bernd Meier ging von Leipzig nach Eisenach wo er bei der VEB Automobilwerke Eisenach eine Lehre als Anlagen Mechaniker absolvierte.

Er trat in die SED ein und beging, obwohl er als sehr linientreu galt, 1970 Republikflucht. Nachdem er zunächst einige Jahre in Kassel gelebt hatte, wo er bei Volkswagen arbeitete, ging er dann Anfang der 1990er Jahre nach Friedberg und hat den Kiosk eröffnet, in dem er vor drei Jahren erstochen wurde.

„Hat Bernd Meier alleine gelebt?"

„Ja, hier im Westen war er nie verheiratet, was in der DDR war, darüber gibt es keine Hinweise.

Was das weibliche Geschlecht betrifft? Da hat er jedoch, was so erzählt wird, nichts anbrennen lassen.

Aber Felix pass auf, jetzt kommt es. Ich habe den Meier über alle Systeme laufen lassen und tatsächlich bin ich beim Bundesnachrichtendienst fündig geworden.

Der BND hatte den Meier auf dem Radar als 'Kundschafter des Friedens' und hat ihn bis lange nach der Wende beobachtet.

Irgendwann hat man dann das Interesse an ihm verloren, obwohl er bis zu seinem Tod Abonnent der UZ war."

„Was ist ein Kundschafter des Friedens und was ist die UZ?"

„Kundschafter des Friedens hat man in der DDR die Spione genannt, die man im Westen installiert hat und die UZ, das ist die Vereinszeitung der Deutschen Kommunistischen Partei. Unsere Zeitung, ein Organ der DKP."

„OK, Danke! Aber was verbindet nun unseren Gynäkologen aus Mainz mit dem Kioskbesitzer aus Friedberg?"

„Um ehrlich zu sein: nichts! Abgesehen einmal davon, dass sie beide aus der DDR in die BRD kamen.

Der eine früher und der andere als die Mauer gefallen war.

Da könnten wir Tausende miteinander vergleichen und würden die gleiche Schnittmenge feststellen.

Sag einmal, haben die Auswertungen der SpuSi noch irgendeinen Anhaltspunkt ergeben?"

„Mehr oder weniger auch nichts! Marlboro hätte der Täter geraucht. Ich weiß nicht wie viele Millionen Raucher Marlboro rauchen?

Das Kümmerling Fläschchen wäre bereits 3 Jahre alt gewesen. Aber das wird dem Täter noch nicht einmal Dünnschiss bereitet haben."

„Drei Jahre alt sagst Du?"

„Ja und?"

„Vor drei Jahren wurde doch der Kiosk in Friedberg überfallen, ist das Fläschchen vielleicht dort mitgenommen worden?"

„Gut! Als Ertrinkender klammert man sich an jeden Strohhalm. Geh dann halt mal davon aus, dass der Täter aus Mainz auch der Täter in Friedberg war. Was hilft uns das im Moment weiter?"

„Nicht einen Zentimeter, aber irgend einen Anhaltspunkt brauch man doch um die Hoffnung am Glimmen zu halten."

„Willi, ich glaube wir haben im Moment nichts außer zwei lange Stangen, mit denen wir im Nebel stochern. Sehr ernüchternd."

„In der Tat Felix, hast Du Lust auf ein Bier, komm ich gebe einen aus."

Während sich Felix Schmadtke und Willi Steeger mit den Biografien von Bernd Meier und Dr. Kowalski beschäftigten, hat sich Dr. von Hohenstein mehr für die Biografie seines Klienten Max Schmeller interessiert. Einmal in der Woche fuhr er von Wiesbaden nach Butzbach.

Die Stimmung bei den Besuchen war stets recht gut.

Grund dafür war, dass dem Wiederaufnahmeverfahren stattgegeben wurde.

Selbst die Staatsanwaltschaft ging davon aus, dass Max Schmeller postum vom Vorwurf des Mordes an Bernd Meier freigesprochen werden muss.

Auch Max Schmeller hatte seine Zweifel zurückgewonnen und ging nun wieder vielmehr davon aus, niemals in Friedberg gewesen zu sein.

Man räumte ihm mittlerweile sogar schon begleiteten Freigang ein, um ihn auf die Zeit nach den nun gottlob nur drei Jahre Knast vorzubereiten.

Seine Wohnung in Sachsenhausen hatte Max trotz lebenslänglich nicht aufgegeben, was sich nun als vorteilhaft erwies. Und auch Max Schmellers Arbeitgeber hat signalisiert, ihn wieder einstellen zu wollen.

Lief also alles optimal für Max Schmeller.

Nur seine Ungeduld wurde immer belastender.

Das andere, was Max Schmeller scheinbar beschäftigte, das war die Tatsache, dass da Draußen einer rumläuft, der die absolut identische genetische Anlage in sich trug, wie auch er. Und dieser musste sein eineiiger Zwilling sein, von dem er noch nie in seinem Leben gehört hatte.

Bei einem der Besuche sprach Hubert von Hohenstein diesen Umstand einmal wieder an und meinte zu Max Schmeller:

„Herr Schmeller, wenn jemand wissen muss, ob Sie einen Zwillingsbruder haben, dann ist das Ihre Mutter. Sie hat wirklich niemals mit Ihnen darüber gesprochen?"

„Nein niemals, auch mein Vater hat diesbezüglich jemals eine Andeutung gemacht."

„Ihr Vater, was ist eigentlich mit Ihrem Vater passiert?"

„Mein Vater ist gestorben, am Abend der Deutschen Einheit 1990.

Ich war mit Freunden auf Mallorca, als mich einer von Vaters Freunden anrief.

Vater sei beim Kaffeetrinken am Nachmittag im Beisein meiner Mutter umgefallen sagte der.

Er wäre sofort tot gewesen, ohne zu leiden.

Als ich nur zwei Tage nach meinem Mallorca Trip wieder zu Hause war, da war er schon eingeäschert.

Meine Mutter hatte ihre Sprache verloren und hat seit diesem

3. Oktober 1990 kein Wort mehr gesprochen."

„Sie konnten sich demzufolge nicht mehr von Ihrem Vater verabschieden? Wieso ging das alles so schnell?"

„Das wurde ich später von den Behörden auch noch einmal gefragt.

Es waren aber die alten Seilschaften die hier, warum auch immer, sehr eng und schnell zusammengearbeitet haben.

Ein Arzt aus unserer Nachbarschaft in Hohenschönhausen hat den Totenschein ausgestellt und der Schreiner Schoenbeck, der war früher auch beim MfS, der hat den Leichnam meines Vaters abgeholt und im Krematorium der Charité eingeäschert.

Als ich nach Hause kam, hat man mir gesagt, Vater wäre in der Leichenhalle in der Gärtner Straße auf dem Friedhof von Hohenschönhausen.

In der Leichenhalle fand ich dann die rote Urne geschmückt mit Hammer und Zirkel Symbol und überall rote Nelken mit Grußbändern von den Genossen."

„Grußbänder von den Genossen?"

„Ja von den Genossen. Mein Vater war beim MfS genau so wie mein Großvater.

Mein Großvater wohnte in Hohenschönhausen und auch wir, also meine Eltern und ich bekamen, nachdem wir zunächst in Weißensee gewohnt hatten, ein Häuschen mit Garten in Hohenschönhausen zugewiesen.

Wir bekamen privilegiert Urlaubsplätze an der Ostsee zugewiesen.

Wir fuhren einen neuen Wartburg, bekamen auch immer wieder Zitrusfrüchte und Bananen in der Kaufhalle. In der Kaufhalle in Hohenschönhausen waren die Regale im Vergleich zum Rest der DDR immer ganz akzeptabel gefüllt."

„Dann haben Sie also in der DDR recht privilegiert gelebt?"

„Wenn Sie das so sehen! Was glauben Sie was los war, wenn ich mir erlaubte im Radio die Hitparade bei RIAS Berlin anzuhören? Oder noch schlimmer, wenn ich einmal Bonanza oder die ZDF Hitparade im Westfernsehen geschaut habe.

Da konnte ich immer froh sein, wenn der Alte nicht den schmalen, sondern den breiten Gürtel in der Hose trug.

Wenn ich meinen Vater einmal wieder zum Friseur begleiten musste, dann haben sie in der Schule zwei Wochen lang Glatze zu mir gerufen.

Einmal bekam ich von einem Klassenkameraden zwei Streifen Spearemint Kaugummis geschenkt. Ich konnte drei Tage lang nicht auf meinem Hintern sitzen.

Und wenn sich meine Mutter schützend zwischen Vater und mich stellen wollte, dann hat sie auch eine gefangen.

Einmal hat sie Toast Hawaii zum Abendbrot gemacht, da ist der Alte so was von ausgerastet.

Nur, weil Toast Hawaii im Westen gerade in war und weil die Dose Ananas aus einem Westpaket einer Cousine meiner Mutter stammte.

Also soviel zu meinem privilegierten Leben in der DDR. Und jeder wusste, dass ich aus einer Stasi Familie stammte.

Wenn ich zu einer Gruppe dazu kam, dann sind die Gespräche verstummt und in der DDR Oberliga durfte ich nur dem BFC Dynamo zujubeln.

Glauben Sie mir, mein Leben mit dem MfS Major Karl Heinz Schmeller das war für mich die Hölle."

„Und Ihre Mutter? Hat die nicht zu Ihnen gehalten?"

„Meine Mutter, ich weiß nicht?

Wahrscheinlich war sie mehr auf meiner Seite als ich das in dieser Zeit verspürte.

Aber was sollte sie machen?

Sie musste tun, was mein Vater wollte, tat sie das nicht, hat er ihr im günstigsten Fall eine Standpauke darüber erteilt, was es bedeutet, der DDR und dem Sozialismus zu dienen.

Er hat sie geschlagen, er hat ihr Kontakte zu Nachbarn untersagt. Er hat sie mitunter eingesperrt, damit sie nicht nach Berlin-Mitte zum Alex fahren konnte.

Vielleicht hat sie noch viel mehr gelitten als ich gelitten habe. Gesprochen hat sie darüber nie. Solange wir zusammen in Hohenschönhausen wohnten nicht und was mich noch viel mehr bedrückt, zum Teil sogar wütend macht, das ist die Tatsache, dass sie, seit mein Vater weg ist, gar nichts mehr sagt."

„Würden Sie erlauben, dass ich, oder besser gesagt ein Mitarbeiter von mir, Kontakt zu Ihrer Mutter aufnimmt?"

„Ja grundsätzlich habe ich nichts dagegen einzuwenden. Aber was wollen Sie denn von ihr erfahren?"

„Herr Schmeller, es gibt ein Geheimnis.

Es gibt einen Menschen, da draußen, der sehr eng mit Ihnen verwandt ist.

Wir wissen nicht, auch die Kripo weiß nicht, warum dieser Mensch auf einmal in Erscheinung getreten ist.

Wir wissen nicht was der im Schilde führt. Der Mensch ist vielleicht eine Gefahr, auch eine Gefahr für Sie am Ende."

„Sie meinen der trachtet auch mir nach dem Leben?"

„Das wissen wir eben nicht, keiner weiß, warum der Kioskbesitzer in Friedberg und warum der Gynäkologe in Mainz getötet wurden. Aber es gibt ein

Geheimnis um diese Personen und es gibt ein Geheimnis um Ihre Person und Ihre Mutter scheint mir ein Puzzle zu diesem Geheimnis zu kennen.

Ich würde gerne einen Mitarbeiter von mir nach Berlin schicken damit er Ihre Mutter aufsucht."

„Schaden kann es nicht, auch wenn sie seit fast 30 Jahren keinen Ton gesprochen hat.

Ich habe keine Einwände. Machen Sie was Sie glauben tun zu müssen, wenn es der Wahrheitsfindung dient."

„OK ich sage Ihnen, wann mein Mitarbeiter nach Berlin reist, sein Name ist Rudolf Kraft. Alle nennen ihn nur Rudi der Starke, er ist ein Schulfreund und Kommilitone von mir, eigentlich kenne ich den Rudi schon seit unserer Kindergartenzeit."

Dr. Hubert von Hohenstein wartete auf seinen Kindergarten Kumpel im Gartenrestaurant des Lambertus vor dem Wiesbadener Kurhaus.

Termin war um 14:00 Uhr, nun war es schon 14:45 Uhr.

Die Bedienung fragte bereits wiederholt ob Hubert von Hohenstein noch einen Latte Macchiato ein weiteres Wasser oder vielleicht ein Glas Wein haben möchte.

„Nein danke, ich warte noch auf einen Freund" lehnte Hubert von Hohenstein immer wieder ab.

Endlich es war schon fast drei Uhr als drüben am Theater die orangefarbene Corvette C3 röhrte. Unmittelbar vor dem Garten Cafe hielt das Orange Monster an und der Achtzylinder blubberte noch einen Moment lang nach, bis Rudi den Motor abstellte und ausstieg.

„Rudi, es ist nun fast drei Uhr. Um zwei hatten wir Termin, weißt du eigentlich, was eine Stunde meiner kostbaren Zeit kostet? Und sag einmal, willst du wirklich einfach hier stehen bleiben?"

„Mensch Hubert, was ist denn das für eine Begrüßung, nun gönnst du mir noch nicht einmal mehr mein akademisches Viertel und was meinen Oldie betrifft, der macht sich doch gut vor dem Kurhaus."

Aber so war der Rudi. Und das unterschied ihn von Hubert von Hohenstein.

Hubert lebte, um zu arbeiten. Rudi hingegen arbeitete, um zu leben.

Aber vielleicht war es dieser Gegensatz, der die beiden schon so lange Freunde sein ließ. Und insgeheim bewunderte Hubert seinen Freund Rudi dafür. Obwohl, er hätte niemals so sein können.

„Schön, dass du mich einmal wieder einladen möchtest. Ob man hier schon eine Kleinigkeit zu essen bekommt, ich habe noch nicht gefrühstückt, obwohl ich bereits fast eine Stunde lang auf den Beinen bin."

„Rudi, es ist 15:00 Uhr?"

„Na und! …hallo schöne Frau, würden sie mir bitte die Frühstückskarte bringen."

„Es ist 15:00 Uhr mein Herr, ich bitte sie."

‚Gerne erfülle ich ihnen eine Bitte meine Liebe, kann ich ein paar Eier mit Speck bekommen?'

‚In der Kuchentheke haben wir gedeckten Apfelkuchen, Aprikosen Streusel, Kirsch Streusel, Schwarzwälder Kirsch und Schoko Torte'

‚Ja bitte, in dieser Reihenfolge und ein Kännchen Kaffee dazu.'

‚Herr von Hohenstein, ich glaube Ihr Bekannter beliebt zu scherzen?'

„Da bin ich mir nicht so sicher, entschuldigen Sie bitte. Bringen Sie ihm sein Kännchen Kaffee und einen gedeckten Apfelkuchen, damit haben Sie Ihre Aufzählung ja begonnen. Ich nehme noch einen Latte Macchiato."

„Vielen Dank, darf es noch ein Wasser dazu sein, meine Herren? Ach, der orange Sportwagen, ist der Ihnen?"

„Ja mir, warum? Gefällt er Ihnen, möchten Sie vielleicht einmal eine Runde mit mir mitfahren schönes Fräulein."

„Nein danke, aber vielleicht das Fräulein Politesse?"

„He Susi, was soll der Scheiß. Finger weg von meinen Scheibenwischern."

„Hallo Rudi, sollen wir das von deiner Flatrate abbuchen? Irgendwann bist du der Erste hier in Wiesbaden, der wegen falschem Parken den Lappen abgeben muss."

„Leck mich doch, mach den Zettel weg, ich spendiere dir heute Abend im Park Cafe einen Hugo, OK?"

„Jetzt kommt noch Beamtenbeleidigung und Beamtenbestechung zum Parkvergehen hinzu. Den Parkknollen kann ich dir leider nicht ersparen. Die anderen zwei Delikte kannst du heute Abend begleichen. Bis dann Ciao Bello."

„Hier der Kuchen und Ihr Kaffee, darf ich das schon einmal abziehen, ich habe um halb vier Feierabend. Getrennt oder geht das auf eine Rechnung?"

„Auf eine Rechnung", mampfte Rudi.

Während Rudi nun schon beim Kirsch Streusel angekommen war, erläuterte Hubert von Hohenstein seinem Freund den Fall.

Er berichtete von Max Schmeller, dem Mord in Friedberg und dem Mord in Mainz. Er erläuterte Rudi, die unumstößliche Tatsache, dass Max Schmeller einen bislang völlig unbekannten Zwillingsbruder haben müsse.

Jedoch gab es bislang nur diese DNA Spuren, auf die man sich stützen konnte. Es gab kein Mordmotiv im Falle des Kioskbesitzers und auch keines im Falle des Mordes an dem Gynäkologen. Die Polizei tappt auch im Dunkeln und findet keinen rechten Anhaltspunkt, an dem man Untersuchungen festmachen könnte.

Die Kripo konzentriert sich zurzeit darauf, dass man versucht Verbindungen zwischen dem Kioskbesitzer und dem Gynäkologen herauszufinden.

„Hier die Rechnung bitte", unterbrach die Bedienung und legte Rudi eine schwarze Mappe hin.

„Das übernimmt Herr von Hohenstein mein Engelchen", meinte Rudi und schob die Mappe mit der Rechnung zu Hubert hin.

Hubert legte 50,- € in das Mäppchen und sagte: „Stimmt so."

Dann wandte er sich wieder zu Rudi um mit seinen Erläuterungen fortzufahren. Er berichtete Rudi vom Wiederaufnahmeverfahren und, dass Max Schmeller mit hoher Wahrscheinlichkeit freigesprochen und aus der JVA entlassen werden würde.

Dann müsse man abwarten was passiert, durchaus möglich, dass sein Zwillingsbruder versucht Kontakt zu ihm aufzunehmen. Obwohl das in den letzten fast 50 Jahren noch nicht vorkam.

Vielleicht wissen die zwei auch wirklich nichts voneinander.

Zumindest Max Schmeller gibt sich völlig ahnungslos und geht davon aus, dass er ein Einzelkind ist.

Was Hubert von Hohenstein auch nicht infrage stellte.

Max Schmeller wurde seit Lebens in diesem Glauben gelassen, davon war Hubert von Hohenstein zu Einhundert Prozent überzeugt. Also ist es die Mutter von Max Schmeller, die eventuell Licht in das Geheimnis bringen könnte.

„Dann fragen wir sie doch einfach" meinte Rudi.

Daraufhin erzählte Hubert von Hohenstein, dass die Mutter seit fast dreißig Jahren, genau seit dem 3. Oktober 1990 kein Wort mehr gesprochen habe. Auch dafür muss es einen Grund geben, den es gilt heraus zu finden.

„Und was soll ich nun tun?", fragte Rudi.

„Ich möchte dich bitten nach Berlin zu fliegen, um die Mutter von Max Schmeller aufzusuchen. Vielleicht kannst du Helene Schmeller etwas entlocken, was uns weiterhilft. Immerhin bist du Privatdetektiv. Da kannst du dich einmal beweisen."

In der Tat ist Rudi Privatdetektiv.

Die Detektei Rudolf Kraft GmbH gründete er, nachdem er nach gefühlt 10 Semestern ohne Schein von der Johann Gutenberg Universität in Mainz exmatrikuliert wurde.

Danach ging er zur Bereitschaftspolizei nach Koblenz und wollte eine Karriere bei der Polizei in Angriff nehmen. Dort war er während der Grundausbildung gemeinsam mit einem Felix Schmadtke auf der Bude, der heute Hauptkommissar bei der Mordkommission in Mainz ist. So klein ist die Welt.

Für Rudi war der Schichtdienst jedoch nicht machbar.

Nachdem er mehrmals aus irgend einem Nachtklub kommend direkt zum Frühdienst erschienen ist und viele Male den Dienstantritt zur Spätschicht um 14:15 Uhr verschlafen hatte, kam man zu der übereinstimmenden Überzeugung, dass Rudi nicht für eine unregelmäßige Schichtarbeit geeignet schien. Daraufhin gründete er seine Detektei.

Rudis Vater, ein wohlhabender Fabrikant aus Wiesbaden, gab ihm das notwendige Kapital und unterstützt Rudi auch immer noch, wenn es eng wird.

Die interessanten Aufträge bekommt Rudi seitdem von der Kanzlei von Hohenstein. Meistens aus der Abteilung Familienrecht.

Ehepartner, die sich scheiden lassen wollen, ausspionieren.

Ansonsten ist er auch in verschiedenen Kaufhäusern als Kaufhausdetektiv unterwegs. Aber alles und das ist Rudi sehr wichtig, bei freier Zeiteinteilung.

Freie Zeiteinteilung war Rudi bei dem nun neuen Auftrag auch zugesichert.

Das war schon einmal gut.

Darüber hinaus war sich Rudi sicher, dass dieser Auftrag, den er gerade von seinem Kindergarten Kumpel Hubert erhalten hatte, die Krönung seiner bisherigen kriminologischen Laufbahn darstellte.

Er notierte sich den Namen Helene Schmeller und die Adresse des Pflegeheimes in Berlin Wannsee.

Hubert von Hohenstein wollte ihn dort avisieren und er händigte Rudi eine Kopie der Vollmacht aus, die Max Schmeller bezüglich des Mandates mit der Kanzlei Hohenstein unterschrieben hatte.

Nach Berlin zu fliegen, lehnte Rudi jedoch ab. Viel zu sehr war er mit seiner Corvette C3 verwachsen.

Nachdem sich Rudi nach dem Kaffeekränzchen mit Hubert noch einmal auf das Ohr gelegt hatte, startete er gegen 22:30 Uhr am Park Cafe in Richtung Berlin.

Er drückte Susi vor dem Park Cafe noch einen dicken Schmatzer auf die Lippen und meinte: „Sei nicht traurig, wenn du in den nächsten Tagen ein paar Knöllchen weniger schreiben musst, aber ich habe in Berlin zu tun und werde ein paar Tage weg sein."

„Ich werde es verkraften, aber ich warne Dich, in Berlin sind die Knollebobbe von einem ganz anderen Kaliber."

„Die werden weinen, wenn ich Berlin wieder verlasse."

„Na dann, ich werde ja sehen, wenn du wieder hier bist. Irgendwo wird die Orange C3 dann wieder auffallen. Pass auf Dich auf Rudi"

„Hört sich ja an, als würdest du dir Gedanken um mich machen, mein Schneckchen."

Der Achtzylinder röhrte die Wilhelm Straße hinunter Richtung Route 66, über das Wiesbadener Kreuz nach Frankfurt und dann Nord Ost in Richtung Berlin. Im Radio hatte Rudi HR4 eingestellt und lauschte Helene Fischers 'Atemlos durch die Nacht'.

Es war ungefähr gegen 3:15 Uhr als Rudi am Motel24h an der Autobahn A10 bei Ludwigsfelde nach einem Zimmer fragte.

Der Ritt durch die Nacht hatte ihn doch mehr angestrengt als er wahrhaben wollte und er war froh, als man ihm ein Zimmer für den Rest der Nacht zur Verfügung stellte.

Von Hier waren es noch rund eine halbe Stunde bis zum Pflegeheim am Wannsee wo er für 13:00 Uhr angemeldet war. Er ließ sich einen Weckruf für 12:00 Uhr notieren und legte sich auf das Ohr.

Noch eine ganze Weile dröhnte der Achtzylinder und das Geräusch von Gummi auf Asphalt in seinem Schädel. Schluss endlich schlief Rudi jedoch gut ein, wurde aber ohne Weckruf um kurz nach elf wieder wach.

Beim Einchecken registrierte Rudi am Eingang eine Automatenkantine.

Umso erstaunter war er als hier nun ein Frühstück angeboten wurde.

Er nahm Rührei mit Bacon, einen großen Kaffee und einen Beutel Orangensaft.

An einem der Hochtische war noch ein Platz frei und Rudi fragte:

„Entschuldigung die Dame, ist hier noch Platz?"

„Sitzt da etwa eener Du Witzbold? Ick wees gar nicht, ob in meinem Leben schon einmal eener Dame zu mir jesagt hat? Enn Käffchen könnt ick vertragen. Haste mal zwee Euro für die Dame?"

Rudi setzte sich auf den Barhocker am Hochtisch und schob der Lady einen fünf Euro Schein rüber.

Als die sich dann vom Hocker rutschen ließ konnte er sehen, dass die Tante glatt rasiert war, ein Höschen trug sie nicht.

Sie versuchte den Rock etwas länger zu ziehen und wackelte auf zwölf Zentimeter hohen High Heels zur Kaffeeausgabe.

Dann kam sie zurück und setzte sich Rudi gegenüber an den Hochtisch. Sie tat sich Milch in ihren Kaffee und nahm einen Schluck aus dem Becher.

Rudi beobachtete sie und wunderte sich, dass man mit diesen schlauchbootartigen Lippen überhaupt aus einem Pappbecher trinken konnte.

Dann sagte er:

„Ich bekomme noch drei Euro zurück, ich habe ihnen 5 Euro gegeben, der Becher Kaffee kostet zwei Euro, macht drei Euro Rest."

„Oh, da hat wohl Schweinchen Schlau an meinem Tisch Platz genommen, wa? Wenn det so is, dann hat mich die Schlampe an der Kaffeeausgabe beschissen mein Lieber. Da haste Pech jehappt."

„Dann kauf Dir meinetwegen einen Schlüpper für die drei Euro, dass die Nacktschnecke hier am Highway nicht platt gefahren wird."

„Haste aber ma so richtig jenau hinjeschaut. Fürn Blauen darfst de mal ran langen und fürn Fuffi würde ich Dir den Maschinenraum durchblasen oder enn little fuck in the morning time …"

„… is better than milk and Haferschleim" ergänzte Rudi.

„Du bist ja nicht nur Schweinchen Schlau, sondern auch ein Clown, wat is jetzt? Kleenes oder großes Menü?"

„Lass mal, ich habe gerade keinen Appetit und außerdem muss ich los nach Wannsee, hier haste noch einen Zehner für die angenehme Unterhaltung und meinen Blick den ich mir unter deinen Mini erlaubt habe."

„Det find ick mal nobel Alter, wenn de mal wieder vorbeikommst haste vielleicht mehr Appetit. Frag einfach nach der 'Blanken Zola' nen schönen Tag wünsch ick Dir."

Das kann ja lustig werden dachte Rudi, hier in Ludwigsfelde sind wir immerhin noch fast 30 Km von der großen Stadt entfernt. Wiesbaden ist ein Dorf und Mainz ein Vorort davon.

Er startete die Corvette, um in Richtung Wannsee zu fahren. Beim Verlassen des Parkplatzes sah er noch einmal die Blanke Zola, als sie in das Führerhaus eines Lkw stieg. Normalerweise hätte er für die Aussicht noch einmal einen Zehner löhnen müssen.

Am Wannsee hieß die Adresse 'Zum Heckeshorn 18'.

Die Klinik entsprach nicht dem, was Rudi erwartet hatte.

Das Haus war freundlich eingerichtet und hatte gar nichts von dem, was man sich landläufig unter einer psychiatrischen Klinik vorstellt.

Hier gab es ganz offensichtlich auch viele Menschen, die sich im Bereich der Klinik zumindest, frei bewegen konnten.

Es gab einen angenehmen Außenbereich und die Atmosphäre hatte mehr etwas von einem Kur-Hotel als von einer Psychiatrie. Rudi war zum Ersten also positiv überrascht.

„Entschuldigung der Herr, kann ich Ihnen helfen?", fragte eine junge Frauenstimme.

„Oh ja, danke. Ich habe hier einen Termin und suche den Empfang."

„Am Eingang steht angeschrieben, dass sich Besucher in Zimmer 23 rechts auf dem Flur im Parterre melden sollen."

„Sorry, das habe ich übersehen. Vielen Dank!"

„Sind Sie vielleicht Rudolf Kraft, der wurde mir von einem Dr. von Hohenstein avisiert, dass er Frau Helene Schmeller besuchen möchte, Sie hätten eine Vollmacht von Frau Schmellers Sohn."

„Ja mein Name ist Rudolf Kraft und ich bin hier im Auftrag der Kanzlei von Hohenstein, die wiederum ein Mandat von Herrn Max Schmeller haben."

„Mein Name ist Dr. Gabriele Stanislawski! Wir reden uns hier jedoch gewöhnlich beim Vornamen an, gerne dürfen Sie mich Gabi nennen."

„Ich bin der Rudi, angenehm, das kommt mir sehr entgegen."

„Rudi, darf ich Ihre Vollmacht bitte haben, ich möchte eine Kopie machen, um diese in Frau Schmellers Patienten-Akte abzulegen."

Rudi gab die Vollmacht an Frau Stanislawski die zunächst alle Formalien erledigte. Während sie das tat, fragte sie ob Rudi denn wissen würde, dass Frau Schmeller schon seit 1994 hier am Wannsee im Pflegeheim lebt und in all den Jahren niemals ein Wort mit dem Pflegepersonal gewechselt hätte. Auch mit ihrem Sohn hätte sie in all den Jahren nicht gesprochen, was ihren Sohn Max zum Teil sehr wütend werden ließ.

Seit nunmehr drei Jahren hätte sich dieser gar nicht mehr blicken lassen.

Unsicher ob er den Aufenthalt von Max Schmeller preisgeben darf, ging Rudi darauf nicht weiter ein.

Dann waren die Formalien offensichtlich alle erledigt und Frau Dr. Gabriele Stanislawski sagte:

„Rudi ich zeige Ihnen, wo Sie Frau Schmeller treffen können. Kommen Sie bitte einmal hier an das Fenster. Sehen Sie die Dame dort drüben an dem kleinen Ententeich auf der Bank sitzen? Das ist Helene Schmeller."

„Die blonde Frau dort auf der blauen Bank, die Frau mit der Bob-Frisur?"

„Ja genau die, was erschreckt Sie denn so? Was haben Sie denn erwartet?"

„Die Dame sieht von hinten sehr jung und attraktiv aus, ich habe ehrlich gesagt ein älteres Mütterchen erwartet."

„Ich kann Ihnen sagen, dass Frau Schmeller auch von vorne eine sehr attraktive und jugendlich wirkende Frau ist. Im Februar wurde sie 68 Jahre alt. Das ist doch kein Alter. Zudem legt sie großen Wert auf ihr Äußeres. Das einzige Manko, das Frau Schmeller hat, das ist, dass sie nicht redet.

Obwohl, kommen Sie bitte einmal hier an das andere Fenster, da sehen Sie Frau Schmeller mehr von der Seite. Fällt Ihnen etwas auf?"

„Nein, was soll mir denn auffallen?"

„Sehen Sie nicht, dass sie mit den Enten redet?"

„Doch jetzt, wo Sie es sagen. Redet sie immer mit den Enten?"

„Es ist mir schon des Öfteren aufgefallen, wenn ich sie jedoch darauf angesprochen habe, dann hat sie verneinend den Kopf geschüttelt. Aber ich bin fest davon überzeugt, dass unsere Enten das Geheimnis von Frau Schmeller kennen.

Die singen aber nicht die quaken nur", lachte Gabi Stanislawski.

„Warum glauben Sie eigentlich, dass Frau Schmeller mit ihnen reden wird?"

„Ich bin nicht hier, damit Frau Schmeller mit mir redet."

„Warum denn, sind Sie hier?"

„Ich bin hier um mit Frau Schmeller zu reden."

„Dann will ich Sie nicht länger davon abhalten Rudi. Zudem haben Sie Frau Schmeller schon zehn

Minuten warten lassen. Es ist 13:10 Uhr. Bitte sagen Sie mir wann Sie wieder gehen."

Rudi ging hinaus, in den Klinik Park in Richtung des kleinen Teiches an dem Frau Helene Schmeller saß und offensichtlich mit den Enten redete.

Rudi hatte kein rechtes Konzept und nun, da er Helene Schmeller immer näher kam, beschlich ihn eine gewisse Aufregung.

„Guten Tag Frau Schmeller, ich bin Rudolf Kraft und komme im Auftrag des Anwaltes Ihres Sohnes."

Frau Schmeller schaute Rudi an, ohne etwas zu sagen.

Vor Rudi saß eine für ihr alter sehr schöne und gepflegte Frau. Die Haare modisch zu einer Bob-Frisur geschnitten. Ihr Gesicht war geschminkt, aber nicht aufdringlich. Ihre Augen waren grün und leuchtend.

Dass diese Frau seit nun schon fast 30 Jahren in sich gekehrt in einem psychiatrischen Pflegeheim lebt, konnte man wirklich nicht glauben.

„Darf ich mich zu Ihnen setzen?" Fragte Rudi fast unsicher.

Frau Schmeller neigte den Kopf ein wenig zur Seite, was Rudi als Zustimmung interpretierte und er nahm neben Frau Schmeller Platz.

„Alle nennen mich Rudi, darf ich Helene zu Ihnen sagen?"

Rudi glaubte ein zartes Lächeln in Helene Schmellers Gesicht erkannt zu haben und deutete auch diese Geste als Zustimmung.

Nun saß Rudi neben Helene Schmeller und wusste nicht mehr so recht, was er sagen sollte. Nach einem Moment des Schweigens räusperte er sich und er begann einen Monolog.

»Helene ich bin zu Ihnen gekommen, um Ihnen zunächst die gute Nachricht zu übermitteln, dass Ihr Sohn Max wohl in den nächsten drei bis vier Wochen aus dem Gefängnis entlassen werden wird. Sein Anwalt, mein Auftraggeber Dr. Hubert von Hohenstein hat ein Wiederaufnahmeverfahren erwirkt, dem stattgegeben wurde. Die Indizien die zu seiner Verurteilung wegen Mordes an einem Kioskbesitzer in Friedberg führten, sind nicht länger ausreichend belastend.

Ich möchte Ihnen auch sagen warum, das so ist. Grund dafür ist ein weiterer Mord, der vor circa vier Monaten in Mainz begangen wurde.

Sie fragen sich nun wahrscheinlich was hat ein Mord in Mainz mit Max zu tun, wenn dieser in Butzbach eine Gefängnisstrafe verbüßt? Ja, diese Frage beschäftigt im Moment viele Leute. Auch die Kripo in Mainz und Frankfurt, die deswegen sogar eine Sonderkommission gegründet haben.

Max' Anwalt Dr. von Hohenstein aber auch und vielleicht besonders, beschäftigt Max diese Frage. Und zwar aus folgendem Grund.

Man hat am Tatort in Mainz, wo ein älterer Gynäkologe zu Tode kam, DNA spuren des Täters gefunden und diese DNA Spuren wurden unzweifelhaft dem genetischen Fingerabdruck Ihres Sohnes Max zugeordnet.«

In diesem Moment schaute Helene Schmeller Rudi zum ersten Mal an.

Dieser fuhr unbeirrt fort.

»Obwohl Ihr Sohn mit hundertprozentiger Sicherheit nicht am Tatort gewesen sein kann. Der war gut bewacht in einer Zelle in der JVA Butzbach eingeschlossen.

Ein sichereres Alibi kann es nicht geben!

Demzufolge war auch nicht mehr sicher, dass Max vor drei Jahren in dem Friedberger Kiosk war. Und wegen dieser Unsicherheit wird Max nun postum mit hoher Wahrscheinlichkeit vom Vorwurf des Mordes freigesprochen werden.

Aber Helene, bei allen Fragen, die dieser Fall nun aufwirft, ist eines biologisch sicher. Nämlich, dass es für die Tatsache, dass ein Mensch, wie Max den gleichen genetischen Fingerabdruck in sich trägt, nur eine einzige Möglichkeit gibt.

Max muss einen eineiigen Zwillingsbruder haben.

Alles andere ist ausgeschlossen. Und wenn jemand das bestätigen kann, dann ist das seine leibliche Mutter. Aber Max Mutter schweigt sich seit fast 30 Jahren aus. Wechselt kein Wort mit ihrem Sohn und nun muss er auch noch erfahren, dass seine Mutter ein großes Geheimnis ihm gegenüber hat.

Sie glauben nicht wie wütend, traurig niedergeschlagen und ich weiß nicht was noch, Max wegen dieser Sache ist.

Kriminologen sagen ihm, das da draußen irgendwo, ein Zwillingsbruder lebt und weder sein Vater damals noch seine Mutter heute sind bereit ihm diesbezüglich die Wahrheit zu sagen und schweigen sich lieber aus.

Max hat erzählt, wie er unter seinem Vater und noch mehr unter der von seinem Vater gelebten Ideologie gelitten hat.

Wie gerne er mit seinen Kumpels über Bonanza oder die ZDF Hitparade gesprochen hätte, aber seine Mitschüler haben ihn ausgegrenzt wohl wissend, dass der Vater als hauptamtlicher bei der Staatssicherheit beschäftigt war.

Wie konnte man so einem, ein Geheimnis anvertrauen?

Max erzählt wie sehr er unter den Schlägen und Maßregelungen seines Vaters gelitten hat. Wie sehr er sich gewünscht hätte, dass er in diesen Momenten Schutz bei seiner Mutter hätte finden können. Er spricht, aber auch darüber wie sehr er verstanden hat, dass seine Mutter in dieser Situation wenig Chancen hatte sich ganz und gar auf die Seite ihres Sohnes zu stellen.

Max gesteht seiner Mutter sogar zu, dass Sie Helene vielleicht mehr unter dem Vater, also Ihrem Ehemann gelitten haben, als er selbst leiden musste.

Umso mehr quält es ihn, dass sich seine Mutter auch nach dem Tod des Vaters und der Befreiung aus dem sozialistischen Unterdrückungssystem nicht offenbarte, nicht mit ihm darüber gesprochen hat, wie sehr auch sie gelitten hat in dieser Zeit. Nicht versucht hat zu erklären oder zu entschuldigen.

Es macht ihn so tief traurig, fast depressiv, dass sich seine Mutter vor aller Welt isoliert und ihn, ihren eigenen Sohn auch heute in Freiheit einfach alleine lässt.

Und nun belastet diese ohnehin sehr belastete Beziehung noch ein weiteres Geheimnis, eben das Geheimnis, dass es einen Bruder geben muss, der gemeinsam mit ihm das Licht der Welt erblickt hat.

Ein paar Minuten früher oder später.

Aber selbst das will man ihm nicht offenbaren. Und so sehr sich Max darüber freut bald wieder in Freiheit leben zu dürfen, so sehr fürchtet er sich vor der neuen Freiheit.

Unsicher ob seine Mutter jemals mit ihm über die Vergangenheit reden und die Existenz eines Zwillingsbruders offenbaren will.«

Rudi hatte sich geradezu in einen Rausch geredet. Er redete und schaute dabei nur die Enten im

Teich an, die wiederum Rudi anstarrten in der Hoffnung eine Brotkrume abzubekommen.

Als Rudi nun zu Helene schaute, sah er, dass Helene still aber heftig weinte. Er reichte ihr ein Papiertaschentuch und starrte wieder zu den Enten. Stumm saßen sie nun eine gewisse Zeit nebeneinander. Helene trocknete ihre Tränen und versuchte das verwischte Augen Make Up zu retten. Rudi starrte sichtlich betroffen von seiner eigenen Rede stumm auf den Teich.

Dann erhob er sich von der Bank und sagte im Weggehen:

„Helene, wenn Sie erlauben besuche ich Sie morgen oder übermorgen noch einmal."

Rudi war bereits ein paar Schritte von der Bank entfernt als er plötzlich erschrocken wie angewurzelt stehen blieb.

„Rudi, warten Sie bitte!" Rudi drehte sich um und sah Helene vor der Bank stehen. Jetzt wo er sie zum ersten Mal aufrecht stehen sah, wurde ihm noch mehr bewusst, wie attraktiv diese Frau war.

„Rudi, bitte bleiben Sie noch einen Moment. Lassen Sie mich bitte jetzt nicht alleine, bitte setzen Sie sich noch einmal zu mir."

Rudi ging die wenigen Schritte zurück zu Helene. Automatisch breitete er seine Arme aus. Er machte das nicht bewusst, es war mehr ein Reflex. Helene nahm das Angebot wohl genau so reflexartig an und Rudi drückte Helene fest an sich.

So standen die beiden nun für einen gefühlt längeren Moment eng umschlungen vor der Parkbank. Dann lösten sie sich voneinander und setzten sich wieder auf die blaue Bank, was den Enten sofort ein Signal war um erneut nach Brot zu betteln.

Nach einem kurzen stummen Nebeneinandersitzen begann Helene auf einmal zu reden. Rudi starrte dabei auf den Teich und unterbrach Helene mit keiner Silbe.

»Mein Vater hat mich vor fast zwanzig Jahren hier besucht.

Wir saßen genau hier auf dieser Bank, das war 1998 kurz, bevor er starb.

Ich habe nicht mit ihm geredet nur er hat mir etwas erzählt, ein Geheimnis, das er in sich trug und das mich über viele Jahre sehr belastet hat. Ich glaube, er fühlte sich, nachdem er mit mir gesprochen hatte sehr befreit.

Selbst hatte ich leider nicht die Kraft ihm zu antworten. Nicht einmal den Mut hatte ich, um ihn nach seiner Offenbarung zu umarmen. Ihn zu trösten. Ihm mein Verständnis mitzuteilen.

Und trotzdem glaube ich, hat es ihn befreit, nach mehr als fünfzig Jahren über sein Trauma offen zu reden.

Mein Vater ist dann drei Monate nach diesem Treffen gestorben und ich habe mir Vorwürfe gemacht und wurde depressiv. Aber ich glaube meinem Vater sehr geholfen zu haben. Alleine dadurch, dass ich ihm zugehört habe als er mir seine Geschichte offenbarte.

Als ich im Februar 1951 in Berlin Köpenick geboren wurde, da war mein Vater 26 Jahre alt. Er übernahm zu dieser Zeit von seinem Vater die Schuhmacher Werkstatt, nachdem er zuvor seinen Meisterbrief, als Schuhmacher erworben hatte.

Gerade zu DDR-Zeiten waren die Dienstleistungen des Schuhmachermeisters sehr stark gefragt. Ein zehn bis zwölf Stunden Arbeitstag waren keine Seltenheit. Die Regale waren gut mit Reparaturaufträgen gefüllt. Pflegte doch jeder in Zeiten der Mangelwirtschaft seine Schuhe besonders und ließ sie wieder herrichten.

Bis Mittwochnachmittag konnte er Aufträge annehmen, dann war die Werkstatt mit Schuhen überfüllt. Sohlen neu verkleben, abgebrochene Absätze erneuern, Nähte aufarbeiten, all das gehörte zu Vaters Aufgaben. Nie hat er geklagt.

Im Gegenteil, als Schuhmachermeister mit eigener Werkstatt erhielt er sich auch in einem sozialistischen Staat, wie der DDR, ein Höchstmaß an persönlicher Freiheit und Selbstbestimmtheit.

Das genoss er und in diesem Sinne hat er mich erzogen. Zudem war er eigentlich immer zu Hause und wenn ich ihn brauchte, dann musste ich nur in seine Werkstatt gehen. So hatte ich eine wunderschöne Kindheit in unserem Häuschen in Köpenick.

Hinter dem Haus war ein großer Garten, meine Mutter gärtnerte dort Obst und Gemüse und wir hatten dort auch immer ein duzend Hühner. Und wenn einmal wieder ein Huhn in der Suppe landete, dann ließ meine Mutter eine der Glucken ein paar Küken ausbrüten.

Am Ende des Gartens war Vaters Werkstatt und wie gesagt, der konnte sich vor Arbeit kaum retten und so hatten meine Eltern auch ein recht gutes Einkommen und damit ein recht gutes Auskommen. Was sich in einigen Annehmlichkeiten äußerte, die in der DDR nicht selbstverständlich waren.

So sind wir zum Beispiel jedes Jahr in ein Privatquartier an die Ostsee gefahren. Da gab es einen Geheimtipp am Ende einer sehr langen Sackgasse. Der Ort direkt an der Ostsee hieß Giebelwitz. Die Leute dort waren witzig, die nannten zum Beispiel ihren Pastor Camillo und den Bürgermeister Peppone. Aber auch in Köpenick hatten wir eine wunderschöne Zeit und mein Vater ging mit meiner Mutter und mir äußerst liebevoll um.

Jedoch was mir als kleines Kind schon auffiel und was mir mit zunehmendem Alter immer deutlicher wurde, das war der Umstand, dass mein Vater ein Problem haben musste, dass er nicht kontrollieren konnte. Deswegen hatten meine Eltern auch kein gemeinsames Schlafzimmer. Mein Vater hatte immer sein eigenes Zimmer, indem er schlief. Das lag daran, dass er sich wohl sehr vor der Nacht fürchtete. Er konnte nur schlafen, wenn auf seinem Nachttisch eine zwar schwache aber doch immer erleuchtete Lampe brannte.

An manchen Tagen, zuweilen vier bis fünfmal im Monat, hörte ich meinen Vater nachts laut schreien:

»Alle raus! Sie kommen! Sie bringen uns alle um! Warum? Warum? Überall ist Blut! Sie atmen nicht mehr! Meine Kameraden atmen nicht mehr!«

Dann hörte ich meine Mutter beruhigend auf ihn einreden. Hans-Georg beruhige dich doch, es ist alles gut, du bist hier in Sicherheit. Und dann schrie er wieder, manchmal wurde seine Stimme von Tränen erstickt.

»Ich bin in Sicherheit; sagst du, aber meine Kameraden atmen nicht mehr. Siehst du denn nicht das Blut überall, siehst du denn nicht was diese Schweine mit meinen Kameraden angerichtet haben, warum siehst du das alles nicht.«

Irgendwann wurde es wieder ruhiger, dann hörte ich meinen Vater nur noch weinen. Manchmal bin ich dann hinüber in sein Zimmer gegangen. Er lag auf dem Bett, den Kopf auf dem Schoß meiner Mutter liegend und weinte leise, bis er wieder einschlief.

Meine Mutter kam dann meistens noch einmal an mein Bett und hat mich getröstet.

Mit Papa sei wieder alles in Ordnung sagte sie dann. Er hätte nur schlecht geträumt.

Aber es sei alles in Ordnung.

Als ich dann etwas älter war, so 14 oder 15 da habe ich ihn zum ersten Mal offen gefragt, was er nachts schlimmes träumen würde und warum das so wäre.

Dann erzählte er mir manchmal er träume vom bösen Wolf. Oder vom schwarzen Mann. Das wäre wegen seiner Angst vor der Nacht. Dann erzählte er mir von Dämonen und bösen Geistern.

Was ich anfänglich noch glaubte, erschien mir mit zunehmenden Alter immer absurder und völlig bei den Haaren herbeigezogen.

Ich fühlte mich einfach belogen und hörte deswegen irgendwann auf, nachzufragen.

Ich dachte mir ganz einfach, bevor ich mich belügen lasse, dann sagt er doch besser gar nichts.

Und wenn er des Nachts seine Anfälle bekam, dann habe ich mir die Decke über den Kopf gezogen. Manches Mal habe ich mich dabei ertappt, dass ich zu seinem Zimmer hin gebrüllt habe.

»Jetzt hör doch endlich auf du alter verrückter Mann, hör doch bitte einfach auf.«

Das war Ende der Sechzigerjahre, da war mein Vater gerade einmal etwas älter als vierzig Jahre alt. Wobei er mir in meinen Augen schon Mitte der Fünfziger im Alter von Anfang dreißig wie ein alter Mann erschien.

Selbst auf Bildern anlässlich meiner Taufe, damals war er siebenundzwanzig, da sah er schon aus wie ein alter Mann.

Und dann hat er mich 1998 hier am Wannsee besucht. Ich hatte mich zu dieser Zeit schon seit acht

Jahren in mein Schneckenhaus zurückgezogen. Geredet habe ich nicht mit ihm. Geradezu erschrocken war ich, als er hier unangemeldet auftauchte.

Dreiundsiebzig Jahre war er damals alt und zum ersten Mal hatte ich von ihm den Eindruck, dass er für sein Alter eigentlich recht gut aussieht und recht jugendlich wirkt.

Wir saßen genau hier auf dieser Bank.

Ungefähr eine Stunde lang haben wir nur da gesessen und auf den Teich gestarrt. Unvermittelt begann er auf einmal an zureden.

»1943 wäre es gewesen. Er war 18 Jahre alt. Ende Mai kam der Marschbefehl für Hans-Georg Schmitz.

Zusammen mit tausenden anderer Milchgesichtern wurden die neu rekrutierten Soldaten nach einer vierwöchigen Grundausbildung in Güterwagons in Richtung Osten verlegt. Am Dnjepr einem Fluss am sogenannten Ostwall sollte das Einsatzgebiet liegen.

Die Frontlinie war im November 1943 nur noch lückenhaft zu erkennen.

Gerade hatte man die Rasputiza, das war die Schlammzeit hinter sich und der russische Winter begann.

Im November 1943 eher gnädig mild, wenn man überhaupt von Milde im russischen Winter sprechen kann.

Wir waren in unseren Schützengräben eingerichtet. Ich schlief erschöpft während meiner Freiwache. Die Wache sicherte den Schützengraben und war auf dem oberen Wehrgang. Ich weiß nicht von was ich wach wurde?

Waren es die Schüsse oder waren es die auf mich herunterfallenden Körper meiner Kameraden.

Die Rote Armee überrollte unsere Stellung mit Dauerfeuer. Überall war Blut, die Kameraden haben geschrien vor Schmerzen, sie weinten laut in ihrer Todesangst, sie haben geschrien nach ihren Müttern und sie flehten um Gnade.

Die einen um die Gnade weiter leben zu dürfen.

Die Anderen, denen die Gedärme aus den Bäuchen hingen, die haben geschrien um die Gnade sterben zu dürfen.

Aber weder das Flehen der einen noch das Flehen der anderen wurde erhört.

Der Schützengraben lief voll mit Blut. Ich war begraben unter Kameraden und wusste nicht, ob ich lebte oder tot gewesen bin.

Froh war ich als die Schreie verstummten und irgendwann war selbst das leise Wimmern und weinen nicht mehr zu hören und ich lag in der Leichengrube unter den Kameraden, mit denen ich vor wenigen Stunden die Hoffnung teilte ein paar Tage Urlaub zu Hause verbringen zu dürfen.

Weihnachten war doch so nah Ende November.

Ich konnte mich nicht mehr bewegen, konnte aber erkennen, dass die Sonne aufgegangen war und ich hörte über mir Stimmen, die russisch sprachen.

Plötzlich ein Schuss, der jedoch einen Meter neben mir einschlug.

Danach sprach einer im Befehlston, das konnte man auch in der fremden Sprache verstehen.

Zwei Mann stiegen zu mir in die Leichengrube und zogen mich unter den leblosen Körpern meiner Kameraden heraus.

So wie ich die Szene verstand, hat einer der Soldaten erkannt, dass ich mich unter den vielen Toten noch bewegt habe. Als er mir mit einem Gewehrschuss den Gar ausmachen wollte, hat ihm ein daneben stehender Offizier wohl gegen den Gewehrlauf geschlagen. Und danach gab dieser den Befehl, dass man mich aus dem Schützengraben bergen soll.

Ich war nahezu unverletzt und man brachte mich in eines der vielen Kriegsgefangenenlager. Dort wusste ich lange nicht, was mir mehr weh tat?

Der Hunger oder die Kälte?

Auch fragte ich mich immer öfter, ob mir der Offizier, der gegen den Gewehrlauf des Soldaten schlug, ob der mir damit wirklich einen Gefallen getan hatte?

Oder wäre es besser gewesen, er hätte den Soldaten gewähren lassen.

Immer wenn ich mich mit einem Kameraden etwas näher gekommen war, ist dieser an Hunger gestorben oder ist auf seiner Pritsche in der nicht beheizten Holzbaracke erfroren. Jeden Tag wurden so dutzende in eine der vorsorglich ausgehobenen Gruben geworfen und am Abend mit Erde bedeckt.

Um am nächsten Tag eine neue Grube zu füllen.

Vom Kriegsende haben wir zunächst nichts mitbekommen, das haben wir erst mit einiger Verzögerung erfahren.

Als ich im März 1949 nach Köpenick zurückkam, da wog ich bei 178 cm Körpergröße gerade einmal knapp 50 kg. Ich war der Hölle entkommen.

Der Blick in den Spiegel zeigte mir einen alten verbrauchten von Hunger und Schmerz gezeichneten Mann.

24 Jahre war ich nun alt, habe sechs Jahre in der Hölle verbracht und fühlte mich schuldig an all den Kameraden, die damals im Schützengraben abgeschlachtet wurden.

Mich selbst haben sie mit ihren toten Leibern geschützt und überleben lassen.

Bis heute fühle ich mich schuldig dafür.

Dass ich danach überhaupt weiter leben wollte, das habe ich deiner Mutter zu verdanken. Hätte ich Annegret nicht kennengelernt und hätte sie mir nicht dich meine liebe Helene geboren, dann hätte ich nicht weiter leben wollen. Und ohne euch hätte ich diese schlimmen Nächte niemals ausgehalten.

Aber ich konnte darüber nicht reden.

Damals nicht!

Heute ist es mir zum ersten Mal gelungen, das zu erzählen. Ich fühle mich nun frei und ich würde mir wünschen auch du könntest dich befreien. Ich würde mir so sehr wünschen auch du könntest über deine schlimme Zeit nun reden.

Helene, ich hatte dich gewarnt und ich war so traurig als ich dich an diesen Karl-Heinz Schmeller verloren habe. Ich war so traurig. So endlos traurig.

Meine liebe Helene, wenn mein Leben einen Sinn hatte, dann in dir.«

„Und haben Sie sich mit ihm ausgesprochen Helene?"

»Ich hatte an diesem Tag nicht die Kraft meinem Vater zu antworten, ich hatte noch nicht einmal die Kraft aufzustehen, um ihn zu umarmen und zu drücken.

Ohne ihm etwas gesagt zu haben, ohne ihn kurz in den Arm zu nehmen ist er aufgestanden und gegangen, so wie Sie das gemacht haben Rudi.

Aber ich habe nicht die Kraft gefunden ihm nachzurufen, so wie ich Ihnen nachgerufen habe.

Drei Monate nach diesem Zusammentreffen kam Max zu mir hier nach Wannsee und er sagte mir, recht vorwurfsvoll, dass mein Vater gestorben sei.

Ich habe Max damals weggeschickt und habe sehr lange um meinen Vater geweint, aber mir fehlte die Kraft ihn auf seinem letzten Weg zu begleiten. Auch das wirft mir Max heute noch vor. Aber ich hatte einfach nicht die Kraft dazu. Verstehen sie das Rudi.«

„Helene, ob ich das verstehe, das kann ich Ihnen nicht sagen. Aber ich verstehe, dass es Ihrem Vater ein Bedürfnis war, Ihnen das schlimme Geheimnis seines Lebens zu erzählen. Er hat es noch rechtzeitig geschafft und das sollte Sie trösten.

Aber Sie müssen sich auch fragen, welches Recht Ihr Sohn Max hat, Ihres und sein Geheimnis zu erfahren."

„Rudi ich bin nun sehr müde, bitte lassen Sie mich hier noch etwas alleine verweilen. Bitte gehen Sie jetzt. Aber versprechen Sie mir, dass Sie wieder kommen."

„Morgen nach Mittag, so gegen 13:00 Uhr? Wieder hier?"

Helene schaute Rudi in die Augen und nickte ihm bejahend zu. Rudi ging, ohne sich noch einmal umzudrehen zurück zum Klinikgebäude. Auch ihn hatten die letzten zwei Stunden emotional sehr angegriffen. In Zimmer 23 wollte er sich abmelden.

„Gabi will noch einmal kurz mit Ihnen sprechen, warten Sie bitte einen Moment damit ich ihr sagen kann, dass Sie gehen wollen."

Rudi wartete vor Zimmer 23, als Frau Dr. Stanislawski die Treppe in den Parterre Flur herunterkam.

„Sagen Sie Rudi, habe ich das richtig beobachtet, dass Sie sich mit Helene Schmeller unterhalten haben. Hat Sie wirklich mit ihnen gesprochen? Zum ersten Mal seit sie hier ist. Zum ersten Mal seit fast dreißig Jahren?"

Rudi antwortete nur „quak, quak", und verließ das Klinikgebäude.

Auf dem Gelände, auf dem Rudi zur Mittagszeit nur schwer einen Parkplatz fand, stand die Corvette nun ganz alleine am hinteren Rand. Von weitem sah er, dass unter dem Scheibenwischer ein Zettel klemmte. Nicht weit entfernt von der Corvette sah er eine uniformierte Blondine stehen, die an ihrem Smartphone nestelte.

Sie bemerkte Rudi und rief in seine Richtung.

„Diese orange Rakete gehört die Ihnen?"

„Ja, die Corvette gehört mir, warum?"

„Wer lesen kann ist ganz klar im Vorteil. Haben Sie nicht das Schild gesehen. Dieser Platz ist heute ab 15:00 Uhr als Parkplatz gesperrt. Jetzt ist es gleich 16:15 Uhr. Ich war gerade dabei den Abschleppdienst zu rufen. Det war knapp!"

„Entschuldigen Sie bitte, ich hatte einen Termin in der Klinik."

„Det sagen se alle, konnten die Ihnen in der Klapsmühle wenigstens helfen? Fahren Sie hier jetzt bitte weg, hier kommen jetzt gleich die Bagger."

Demütig, nahm Rudi den Knollen von der Windschutzscheibe, faltete das Papier penibel zusammen und fuhr gesittet wie selten von dem Gelände.

Hatte Susi gestern Abend wirklich recht, hier in Berlin sind die Knollebobbe von einem anderen Kaliber als zu Hause in Wiesbaden.

Rudi fand direkt am Wannsee ein nettes Hotel. Das Zimmer hatte einen Balkon zum See hin und Rudi musste nun auch zuerst einmal den Nachmittag verdauen.

Die Tatsache, dass Helene Schmeller überhaupt mit ihm gesprochen hatte, das wühlte ihn emotional auf.

Aber auch die Geschichte über ihren Vater hat Rudi berührt.

Als er dann emotional etwas heruntergefahren war, wählte Rudi die zentrale Nummer der Kanzlei von Hohenstein in Wiesbaden.

„Kanzlei von Hohenstein mein Name ist Tatjana Rabe, was kann ich für sie tun?"

„Hallo Tati, Rudi hier, ist Hubert zu sprechen?"

„Hallo Rudi, der Hubert wartet schon auf deinen Anruf, ich stelle durch."

„Hubert hier, bist du gut angekommen Rudi?"

„Ja alles paletti. Frau Schmeller habe ich heute Nachmittag bereits besucht."

„Und was ist das für ein Mütterchen?"

„Oh Hubert, da musst du dein Bild korrigieren, Helene Schmeller ist für ihr Alter eine sehr attraktive und jugendlich auftretende Frau."

„Und ansonsten, wie hat sie auf dich reagiert?"

„Zunächst habe ich einen längeren Monolog geführt und Frau Schmeller von ihrem Sohn berichtet und mitgeteilt, dass er wohl bald aus der Haft entlassen werden wird. Hubert du glaubst es vielleicht nicht, als ich dann gehen wollte und schon einige Schritte von der Parkbank, wo wir uns trafen, entfernt war, da hat sie mir nachgerufen und begann ihrerseits einen längeren Monolog zu erzählen."

„Hat sie dir bestätigt, dass Max Schmeller einen Zwillingsbruder hat?"

„Über ihren Sohn hat sie eigentlich überhaupt nicht geredet, sie hat von ihrer eigenen Kindheit und ihrem Vater erzählt. Davon wie traumatisiert dieser aus dem Zweiten Weltkrieg nach Hause kam und wie sehr er sein gesamtes Leben lang darunter gelitten hat.

Von ihrer eigenen oder der Biografie ihres Sohnes hat sie nicht berichtet, sie bat mich jedoch, dass ich sie noch einmal besuchen soll. Wir sind für morgen um 13:00 Uhr wieder verabredet."

„Rudi, ich weiß nicht warum, aber ich glaubte fest daran, dass Frau Schmeller dir gegenüber ihr

Schweigen brechen wird. Ich weiß wirklich nicht warum, aber ich habe fest daran geglaubt."

„Hubert ich habe noch eine Frage?"

„Ja bitte."

‚Die für Frau Schmeller verantwortliche Ärztin weiß nicht, dass Max Schmeller seit drei Jahren in Haft ist, darf ich ihr das sagen?'

„Nein lass mal, wenn die das nicht wissen dort, dann wollten die Schmellers das wahrscheinlich nicht mitteilen. Rufe mich morgen Nachmittag nach deinem Besuch in der Klinik noch einmal an."

„Mach ich Hubert, klaro!"

Rudi ging in eine Pizzeria am Wannsee um zu Abend zu essen. Den Rest des Abends verbrachte er auf seinem Zimmer genauer gesagt auf dem Balkon.

Ein Windlicht flackerte auf dem Balkontisch und gegen Mitternacht hatte sich Rudi mit einem 2014er Holy Moly die nötige Bettschwere verschafft.

Kurz vor 13:00 Uhr suchte Rudi am Pflegeheim am Wannsee erneut einen Parkplatz.

Als er eine Lücke erspähte und einparken wollte, stand da schon wieder die uniformierte Blondine vom Vortag auf dem Bürgersteig.

Sie zeigte mit den Händen an, dass nach hinten noch etwa ein Meter Platz war.

Dann schaute sie vorne und schließlich stand die Corvette in der Lücke.

„Hallo, schöne Frau, Sie können ja richtig nett sein!"

„Det hasste so jetzt nicht erwartet wa? Aber eigentlich bin ich ne janz nette. Hier kannste och stehen bleiben bis die Rakete anfängt zu schimmeln."

„Die Rakete ist eine Corvette C3."

„Det is mir ehrlich jesagt wurscht wie die Rakete heesst, weeste."

„Na dann wünsche ich Ihnen einen schönen Tag und noch mal vielen Dank für die Hilfe beim Einparken."

„Gehen Sie wieder in die Klapse? Hammse Hoffnung, dass die Sie wieder hinkriegen?"

„Sieht nicht gut aus."

‚Watt hamse denn?'

„Ich fresse manchmal völlig unvermittelt uniformierte Blondinen."

‚Witzbold!'

Rudi meldete sich in Zimmer 23 für seinen Besuch an. Frau Schmeller wäre schon im Garten. Sie würde auf der gleichen Bank sitzen wie am Vortag. Als Rudi sich der Bank näherte, erhob sich Helene Schmeller und ging Rudi zwei, drei Schritte entgegen.

„Hallo Rudi, schön Sie zu sehen."

„Hallo Helene, wie geht es Ihnen heute."

„Danke mir geht es recht gut, obwohl ich schlecht geschlafen habe.

Der gestrige Tag hat mich doch sehr angestrengt und emotional angegriffen. Ich habe lange kein Auge schließen können. Aber gegen Morgen bin ich noch einmal fest eingeschlafen."

„Ja das glaube ich Ihnen, dass das gestern nicht einfach für Sie war.

Selbst mich, der zu den von Ihnen erzählten Ereignissen einen gehörigen Abstand hat, auch mich hat das sehr berührt."

„Rudi Sie sagten mir gestern, dass Max frei kommen würde."

„Ich sagte, dass Max mit hoher Wahrscheinlichkeit frei kommen wird.

Einem Wiederaufnahme Verfahren wurde stattgegeben und die eindeutigen Indizien von vor drei Jahren sind wohl nicht mehr so eindeutig wie sie einst waren."

„Und Sie sagten etwas von einem eineiigen Zwillingsbruder?"

„Ja, das ist die einzige biologische Wahrscheinlichkeit dafür, dass man DNA von Max an einem Ort gefunden hat, an dem Max zu wirklich hundert Prozent nicht gewesen sein kann."

„Aber Max ist ein Einzelkind, haben Sie nicht seine Geburtsurkunde eingesehen."

„Die Kripo und auch Dr. von Hohenstein haben das natürlich getan.

In der Geburtsurkunde sind Sie als Max leibliche Mutter eingetragen.

Demzufolge müssten Sie betätigen können, dass Max einen Zwillingsbruder hat. Immerhin werden Zwillinge von ein und derselben Mutter ausgetragen und zur Welt gebracht. Max konnte sich nicht an seine Geburt erinnern."

„Rudi wie können Sie denn bei so einem ernsten Thema noch scherzen?"

„Entschuldigen Sie Helene, aber sagen Sie, können Sie mir einen Zwillingsbruder von Max bestätigen?"

„Nein Rudi, das kann ich nicht."

Frau Schmeller senkte den Kopf und wurde nun wieder ganz ruhig. Es dauerte mindestens eine viertel Stunde lang während Rudi und Helene stumm auf der Bank saßen und auf den Teich gestarrt haben.

Rudi hatte vom Frühstücksbuffet zwei Scheiben Brot in seine Jackentasche gesteckt und fütterte die Enten. Die kamen bis ganz nah an die Bank und ein mutiger Erpel fraß ihm sogar die Brotkrumen aus der offenen Hand.

»Rudi es war 1968 im Sommer, ich war damals siebzehn Jahre alt ..., so fing Helene plötzlich wieder an, zu reden ... wir waren an der Müritz in einem FDJ Sommerlager. Meinem Vater war es eigentlich nicht so richtig recht. War er doch froh, dass er sich als Schumacher Meister aus all dem politischen Gram raushalten konnte!

Er war nicht SED Mitglied und er hatte auch wenig Kontakte. Eigentlich kümmerte er sich nur um seine Kunden und um seine Familie. Um mich und seine Frau.

Aber er wollte mich auch nicht isolieren und die jungen Leute in der DDR die waren halt bei der Freien Deutschen Jugend.

Wir waren alle so stolz, wenn wir unser blaues Hemd und das rote Tuch bekamen.

Und wir haben ja auch ständig etwas gemeinsam unternommen.

Im Sommer 68 waren wir im Zeltlager an der Müritz.

Zwar hatten wir während dieser Zeltlager auch politischen Unterricht und man versuchte uns zu agitieren und auf den Sozialismus einzuschwören. Aber der Spaß, die Nähe zur Natur, das Zusammensein junger Leute, das stand viel mehr im Vordergrund.

Ich war siebzehn, verstehen Sie Rudi, siebzehn. Die hormonellen Veränderungen in meinem Körper waren abgeschlossen. Ich habe begonnen mich mit diesem neuen Hormonspiegel zu arrangieren.

Unsere Gruppe bestand aus sieben Mädels und sechs Jungs und einem Scharführer.

Das war Karl-Heinz Schmeller. Der war zwanzig Jahre alt damals. Fast 185 cm groß. Blond mit diesen strahlend blauen Augen. Wenn der morgens das Holz für den Tag vorbereitete und geschickt die Axt geschwungen hat, dann sah man an seinem nackten Oberkörper jeden einzelnen Muskel.

Ich bin bei diesem Anblick einfach dahingeschmolzen, ich habe zum ersten Mal gespürt, dass ich eine Frau bin, Rudi.

Am Abend saßen wir am Lagerfeuer.

Hinter uns der dunkle Wald, vor uns der See. Das bleiche Licht des Mondes spiegelte sich im Wasser und Karl-Heinz spielte auf seiner Gitarre. Deutsche Volkslieder die wir alle mit grölten. Oder Bella Ciao, das italienische Partisanen Lied. Auch melancholische russische Volksweisen. Können sie sich die Stimmung vorstellen, Rudi?

Als ich dann sagte, dass ich auch gerne Gitarre spielen können, möchte, da hat mich Karl-Heinz auf seinen Schoß gesetzt. Hielt die Gitarre vor mich und griff den Gitarrenhals!

Ich durfte mit einem Flo die Saiten zum vibrieren bringen.

Mit seiner freien Hand war er irgendwann unter meinem blauen Hemd und streichelte meinen Rip penbogen während einer seiner Finger weiter oben immer öfter meinen Brustansatz berührte. Und als er merkte, dass ich ihn gewähren ließ, da wurde er immer mutiger.

Bevor er die Gruppe gegen Mitternacht dann zum Zapfenstreich in die Zelte schickte, fragte er, wer denn mit ihm die erste Feuerwache machen wolle. Natürlich habe ich mich gemeldet. Und natürlich hat er mich ausgewählt. Bald darauf war es ruhig im Zeltlager. Nur Karl-Heinz und ich saßen eng umschlungen am Feuer.

Ein Käuzchen rief hin und wieder aus dem Wald und an meinem Körper gab keinen Quadratzentimeter mehr, den Karl-Heinz nicht berührt hätte. Um uns herum schwirrten hunderte Mücken und ich fühlte in meinem Bauch tausende Schmetterlinge.

Ich hatte mich so sehr verliebt!

Und auch Karl-Heinz stand vom Feuer der Liebe lichterloh in Flammen.

Unsere Liebe hielt über das Zeltlager hinaus und auch zurück in Berlin haben wir uns immer wieder getroffen. Es war dann im Herbst 1968, als ich Karl-Heinz zum ersten Mal zu uns nach Hause eingeladen habe. Ich kann mich noch sehr gut erinnern. Es war ein sonniger Herbsttag ende Oktober.

Meine Mutter backte einen Kuchen und mein Vater hat seine Werkstatt früher abgeschlossen.

Wir saßen zu viert in der Stube und haben Kaffee getrunken. Ich himmelte Karl-Heinz an, meine Mutter war nur daran interessiert, wie Karl-Heinz ihr Kuchen schmeckt.

Mein Vater jedoch hatte eine Reihe Fragen an Karl-Heinz zu stellen. Vieles habe ich gar nicht verstanden, vielleicht wollte ich damals auch nicht verstehen.

Karl-Heinz wiederum hat die Fragen meines Vaters alle und rhetorisch versiert beantworten können.

Irgendwann am späten Nachmittag habe ich dann Karl-Heinz zu der Straßenbahn Haltestelle begleitet, wo er die Tram von Köpenick nach Hohenschönhausen nehmen musste.

Ich lag in meinem Zimmer auf dem Bett und träumte Tagträume, als es so gegen neun Uhr an meine Zimmertür klopfte und mein Vater fragte, ob er noch einmal zu mir kommen dürfe. Er setzte sich in den alten Schaukelstuhl neben meinem Bett. Ich fragte, wie er den Karl-Heinz denn so findet? Er kannte aber auch direkt, dass mein Vater meine Euphorie offensichtlich nicht teilte.

Helene verstehe mich nun bitte nicht falsch. Auf keinen Fall möchte ich mich zwischen dich und Karl-Heinz stellen. Das ist deine Liebe und ganz alleine deine Entscheidung.

Ich möchte nur, dass du weißt, auf was du dich einlässt, wenn du mit Karl-Heinz dein Leben teilen möchtest. Ich habe Karl-Heinz gefragt was sein Vater denn so macht?

Er sagte mir, dass sein Vater beim Ministerium für das Innere beschäftigt ist.

Helene, Kinder von hauptamtlichen Mitarbeitern der Staatssicherheit sind darauf getrimmt zu sagen Ministerium für das Innere. Verstehst du, der Vater von Karl-Heinz ist bei der Stasi! Der ist dort sogar ein hoher Offizier und lebt privilegiert in Berlin-Hohenschönhausen. Stasi-Offiziere sehen es auch gerne, wenn ihre Söhne ebenfalls in der Firma arbeiten. Karl-Heinz hat mir bestätigt, dass seinem Aufnahmeantrag bereits stattgegeben wurde und er ab 1. Januar zur Grundausbildung nach Potsdam geht. Hauptamtliche legen größten Wert darauf, dass sich auch deren Familienmitglieder zu hundert Prozent integer gegenüber dem sozialistischen Gedankengut der DDR zeigen. Ehefrau und Kinder sowieso. Aber auch Tanten, Cousins, Schwiegereltern eben alle die im weitesten zur Familie gehören werden agitiert und gegebenenfalls ausspioniert.

Schon ein Blick, wenn im Westfernsehen der Goldenen Schuss mit Vico Torriani läuft, wird dir als Verfehlung zu Last gelegt. Kritik am Staat oder Staatsrat, Beschwerde über Mangelwirtschaft, das kann dir schon als Sabotage unterstellt werden.

Als Ehefrau eines hauptamtlichen hat man den Sozialismus zu Leben und zu Lieben. Mehr als man Ehemann, mehr als man seine Kinder oder man seine Eltern liebt und mehr als man sich selbst liebt.

Rudi, ich sagte meinem Vater, dass Karl-Heinz so bestimmt nicht sein wird. Karl-Heinz, das war der liebste Mensch, den ich auf der Welt hatte, einmal von Mama und Papa abgesehen.

Mein Vater erhob sich von dem Schaukelstuhl und sagte im Türrahmen stehend noch einmal:

Helene ich möchte nochmals wiederholen, dass ich mich nicht zwischen dich und Karl-Heinz stellen möchte. Und gleich wie du dich entscheidest, du wirst immer meine kleine liebe Helene bleiben. Aber ich wollte dich einfach informiert haben, dass du mir nicht irgendwann den Vorwurf machst, ich hätte dich nicht aufgeklärt.

Schlaf gut, ich habe dich so lieb.

Er schloss die Zimmertür. Ich habe gehört, was mein Vater gesagt hat. Verstanden habe ich ihn erst viel später.

Karl-Heinz ging dann am 1. Januar 1969 nach Potsdam in die Ausbildung bei der Firma.

Ja, Firma haben sie gesagt und Stasi gemeint.

Bald darauf machte er mir einen Heiratsantrag. Ich habe angenommen und im Spätsommer 1969 haben wir geheiratet. Bei der Hochzeit gab es alles, was man sonst in der DDR nicht bekam. Bananenkuchen, Ananas Eis. Zitronen als Garnitur auf den Fischfilets und und und.

Auch erste Eskalationen gab es.

Generalleutnant Schmeller, der Vater von Karl-Heinz, hatte etwas gegen die Gästeliste.

Die Cousine meiner Mutter wollte anläßlich meiner Hochzeit aus Düsseldorf anreisen. Ihr Mann war zu allem Überdruss ein hohes Tier bei der Bundesbahn mit Kontakten in das Verkehrsministerium nach Bonn. Ich sollte meinen Eltern bitte mitteilen, dass Tante Cosima und ihr Mann Günther auf eine Anreise verzichten sollen.

Mein Vater merkte, als ich bei ihm in der Werkstatt saß, dass ich herumdruckste.

Er sagte dann mit einem milden Lächeln:

Helene, es ist wegen Tante Cosima und Günther, oder?

Mach dir keine Sorgen, ich habe Mama schon gebeten den Besuch von den beiden abzusagen. Mama hat Verständnis dafür und auch in Düsseldorf ist man der Meinung, dass es besser ist zu diesem Anlass nicht zu kommen. Auf deiner Hochzeit wird ja der halbe Generalstab von Hohenschönhausen tanzen.

Und so war es auch. Einmal abgesehen davon, dass ich eine Hochzeit feiern durfte wie sie nur wenigen in der DDR geboten wurde so weiß ich heute auch, dass auf meiner Hochzeit die halbe Stasi Prominenz getanzt hat. Wo ich da hineingeraten war hätte ich auch daran erkennen können, dass man mir und Karl-Heinz eine funkelnagelneu renovierte Wohnung mit Blick auf den Weißensee zuwies. Vierzimmer mit großem Balkon im vierten Stock. Ein paar Jahre später sind wir dann umgezogen in ein Haus, genauer gesagt in eine kleine Villa mit großem Garten in Hohenschönhausen.

Was Karl-Heinz genau gemacht hat, das wusste ich damals nicht und ich habe es auch nie so richtig gewusst. Sehr schnell, für mich nicht nachzuvollziehen, wurde Karl-Heinz zum Oberleutnant befördert. Obwohl er 1970 gerade erst 22 Jahre alt war.

Es ging alles so schnell und es hat uns schon zu dieser Zeit an nichts gefehlt.

Karl-Heinz hatte einen Wartburg 353 S, wir bekamen Obstzuteilungen, da waren immer wieder auch Bananen und Zitrusfrüchte dabei. Von Karl-Heinz Vater bekamen wir einmal Coca-Cola und Johnny Walker Whisky.

Ein einziges Mal hatte ich mir jedoch erlaubt, im West Fernsehen 'Einer wird gewinnen' mit Peter Frankenfeld anzuschauen. Ich glaubte ein Attentat auf Erich Honecker verübt zu haben so, wie mich Karl-Heinz für dieses Vergehen gemaßregelt hat.

Dann im Herbst 1970 begann er auf einmal und machte mir Vorwürfe, weil ich nicht schwanger wurde. Zunächst warf er mir vor, ich würde heimlich verhüten. In eine richtige Familie, die die Werte des Sozialismus vertritt, gehören Kinder sagte er. Für mich begann eine schlimme Zeit, immer wenn es ihm danach war, reklamierte er, dass ich eheliche Pflichten zu erfüllen hätte. Zu allen Tageszeiten, ob ich dazu Lust verspürte oder nicht nahm er mich, wenn er gerade konnte. Schwanger wurde ich nicht, dass es an ihm liegen könnte, kam ihm jedoch auch nicht in den Sinn. Eine diesbezügliche Untersuchung lehnte er ab. Wahrscheinlich war es seine Angst, dass eine mögliche Unfruchtbarkeit bei ihm vorliegt, einfach zu groß. Auch deswegen, weil es wahrscheinlich in seine Akte geschrieben worden wäre. Und dann vielleicht von seinen sogenannten Freunden zur Kenntnis genommen worden wäre.

Dann war April 1971. So um den 15. herum offenbarte mir Karl-Heinz abends vor dem Fernseher, dass eine junge wegen Republikflucht verurteilte Frau vom Frauengefängnis Hoheneck in das Stasi-Gefängniskrankenhaus Hohenschönhausen verlegt wurde, um dort ihr Kind zur Welt zu bringen. Da sie als Republikflüchtige nicht würdig war ein Kind zu erziehen, hätte sie einer Adoption zugestimmt.

Der Vater von Karl-Heinz hatte arrangiert, dass dem Kind eine Geburtsurkunde ausgestellt wird, die Helene und Karl-Heinz Schmeller als die leiblichen Eltern von Max ausweist. Und dem Kind somit die große Ehre zuteil wird und eine Erziehung orientiert an den sozialistischen Werten genießen kann. Zwei Tage danach kam Karl-Heinz stolz wie Bolle nach Hause und sagte mir, dass wir einen Sohn bekommen haben. Vier Tage später hatten wir den kleinen Max zu Hause.

„Helene Sie sagen mir hier also, dass Sie gar nicht die leibliche Mutter von Max Schmeller sind?"

„Ja, das habe ich Ihnen eben gesagt Rudi."

„Und Max? Weiß Max davon, dass Sie nicht seine leibliche Mutter sind?"

Karl-Heinz hätte mich alleine für einen Hauch einer Andeutung tot geschlagen. Als er hörte, dass es ein Sohn ist, den er bekommen würde, da hat er drei Tage lang gefeiert. Er hat Kopien der Geburtsurkunde stets mit sich geführt, um jedem, der es sehen wollte direkt die Urkunde zu zeigen. Ich glaube, Karl-Heinz selbst hat sich so in diese Sache hinein gesteigert, dass er selbst davon überzeugt war, der Erzeuger von Max zu sein.

„Und nachdem Karl-Heinz gestorben war, haben Sie Max auch nichts gesagt?"

Nein Rudi, habe ich nicht. Von dem Tag an, an dem Karl-Heinz aus dem Leben geschieden ist, habe ich nicht mehr gesprochen, bis gestern, vielleicht genau wegen dieser Geschichte die ich ihnen gerade erzähle Rudi.

Als Max dann bei uns war, begann für mich eine sehr schöne Zeit. Karl-Heinz hatte nun einen Sohn und ließ von mir ab. Die Lust auf Karl-Heinz war mir durch die ehelichen Vergewaltigungen ehrlich gesagt auch vergangen. Aber der kleine Max machte mir große Freude und solange der Kleine nicht in der Pubertät war, solange durfte ich mich um den Jungen kümmern.

Hin und wieder gab es einmal eine Auseinandersetzung, weil der Max lieber bei seinem Opa in der Schuhmacher Werkstatt war als beim Stasi Opa in Hohenschönhausen.

Aber im Großen und Ganzen hatten wir eine schöne Zeit. Immer wieder gab es auch Zeiten, in denen Karl-Heinz ein regelrechter Familienmensch war.

Es gab aber auch immer wieder Krisen.

Einmal waren wir im Ungarn Urlaub und ich nahm eine Einladung eines Westdeutschen Ehepaares zum Abendessen an. Als ich trotz seiner Einwände zum Abendessen hingegangen bin und Karl-Heinz damit entschuldigt habe, dass ihm nicht gut wäre, sind wir am nächsten Tag direkt abgereist und nach Berlin zurückgefahren.

Wie lang der Arm der Stasi war, das musste ich, dann erfahren als mich mein Schwiegervater höchstpersönlich im Hauptamt in Hohenschönhausen wegen der Sache in Ungarn verhört hat.

Das war so ein Moment, an dem ich an meinen Vater denken musste.

So ein Moment, an dem ich wieder ein Stück mehr verstanden habe, was mir mein Vater damals in meinem Jugendzimmer sagte.

Mit dem Familienfrieden war es dann vorbei als Max fünfzehn Jahre alt und mitten in der Pubertät war. Immer wieder gab es Auseinandersetzungen wegen Verstößen gegen das Westfernsehen schauen.

Nicht, dass Max Politsendungen geschaut hätte.

Nein! Bonanza hat er geguckt. Die ZDF Hitparade oder Klimbim mit Ingrid Steeger und Elisabeth Volkmann, da hat der kleine halt auf einen Busenblitzer gewartet.

Immer wenn Karl-Heinz seinen Sohn Max dabei erwischt hat, bekam der Prügel mit dem Lederriemen.

Meistens hat mich Karl-Heinz beschuldigt, ich würde das Fernsehen von Max unterstützen, dann bekam ich auch mein Fett weg.

Natürlich wollte Max auch dem Zeitgeist entsprechend die Haare länger tragen. Sich kleiden wie die Pop Größen in USA und England. Der größte Schatz wäre eine West Jeans gewesen. Alles wurde abgelehnt, alles verboten. Einmal hatte ich Angst, er würde den Jungen wegen zwei Streifen Spearmint Kaugummi totschlagen. Für Max muss das die Hölle gewesen sein und er hat glauben müssen, ich würde seinem Vater näher stehen als ihm.

Aber immer wieder habe ich das Tun von Max verteidigt und dafür ebenfalls Prügel bezogen.

Ich war froh, als dann 1988 die Protestbewegung begann stärker zu werden.

Karl-Heinz, mittlerweile im Range eines Majors, wurde nach Leipzig befohlen und war nur noch am Wochenende zu Hause, wenn überhaupt. Und als dann am 15. September 1989 es mit den Montag Demos so richtig losging, da war Karl-Heinz nur noch unterwegs. Eigentlich bis zum Fall der Mauer am 9. November 1989.

Ich kann mich erinnern, als er dann irgendwann Ende November nach Hause kam.

Dass der Schabowski die Mauer quasi aus einem Versehen heraus aufgemacht hat, war sein Vorwurf.

Das konnte Karl-Heinz nicht verstehen.

Was er jedoch schon Ende November 1989 verstanden hat, das war, dass mit dem Fall der Mauer das Ende der DDR eingeläutet war. Und ich sage es einmal so. Damit wusste er auch, dass die Firma pleite gehen wird. Die Privilegien, die Karl-Heinz schon als Kind eines Stasi Generals genoss, die Privilegien die er als erwachsener Mensch und Stasi Major genoss, das war nun bald vorbei. Er würde die Missachtung der Leute spüren müssen. Es war ihm klar, dass er sich ganz unten in der Hierarchie wieder anstellen muss. Er würde nicht mehr zu denen Oben gehören, die die Macht haben. Nein, dieser Mauerfall wird die Welt auf den Kopf stellen. Darüber war sich Karl-Heinz im Klaren. Und dann kam der

3. Oktober 1990.

Diesen Tag hatte man festgelegt um die Wiedervereinigung von West- und Ostdeutschland zu besiegeln. Mein Vater hatte seine Werkstatthütte mit schwarz, rot goldenen Fähnchen geschmückt und an den Apfelbäumen Plakate mit dem Konterfei von Helmut Kohl aufgehängt. Ich sagte mein Kommen zur Gartenparty ab und wollte Karl-Heinz Beistand leisten.

Nicht weil er es verdient hätte, aber er war mein Ehemann, mit dem ich seit zwanzig Jahren verheiratet war und den ich einmal so sehr liebte.

Max war mit Freunden auf Mallorca und genoss bereits seine neu gewonnene Freiheit.

Ich saß in unserem Wohnzimmer in Hohenschönhausen, hatte Kuchen serviert und schenkte Karl-Heinz eine Tasse Kaffee ein. Westkaffee, ja wir hatten jetzt Westkaffee.

Karl-Heinz nahm einen Schluck Kaffee. Dann stand er am Tisch auf, schaute mich an und sagte: »Helene ich gehe jetzt, ich erwarte von dir, dass Max niemals erfährt, dass ich nicht sein Vater bin. Er hob seine rechte Hand. Erst jetzt sah ich die Pistole. Die Kugel trat an der linken Kopfseite aus dem Schädel wieder aus. Er sackte in sich zusammen und war Tod. Was dann passierte weiß ich nicht mehr. Plötzlich war Dr. Nowak da und stellte den Totenschein aus. Der Schoenbeck von der Schreinerei hat Karl-Heinz abgeholt. Alles Leute aus der alten Seilschaft. Als Max von Mallorca zurückkam, war Karl-Heinz bereits eingeäschert und in einer roten Urne im Leichenhaus ausgestellt.

„Weiß Max wie sein Vater gestorben ist."

„Darüber haben wir nie gesprochen. Ich glaube nicht.

Rudi, werden Sie das nun alles dem Max erzählen?"

„Helene ich werde das bestimmt nicht tun. In wieweit wir das der Mordkommission mitteilen müssen das kann ich nicht sagen. Das muss Herr Dr. von Hohenstein beurteilen. Aber ich glaube, die Geschichte, die Sie mir erzählt haben, die sollten Sie auch Ihrem Sohn Max erzählen, das wäre wahrscheinlich der richtigere Weg."

„Rudi, dazu habe ich noch nicht die Kraft."

„Helene, irgendwann werden Sie diese Kraft haben. Glauben Sie mir."

„Vielen vielen Dank Rudi!"

‚Wofür Helene danken Sie mir?'

„Dass ich Ihnen meine Geschichte erzählen durfte, dass Sie die Blockade in mir gelöst haben. Ich fühle mich so befreit und irgendwie zurück im Leben, dafür danke ich Ihnen Rudi."

„Und ich danke Ihnen Helene dafür, dass Sie mir so viel Vertrauen entgegenbringen und dass Sie mir ihr Geheimnis und Ihre Gefühle so offen mitgeteilt haben. Ich verspreche Ihnen, dass ich sehr vertrauensvoll mit dem, was Sie mir erzählt haben, umgehen werde."

Rudi verließ daraufhin das Pflegeheim am Wannsee und er fuhr zurück in sein Hotel. Er war sehr nachdenklich geworden und hatte kein Verlangen danach hier in Berlin noch irgendetwas anzustellen.

Er ging früh zu Bett und startete tags darauf bereits um 5:30 Uhr seine Corvette und fuhr zurück nach Wiesbaden, wo er dann am Abend in der Kanzlei von Hohenstein Hubert traf, um ihm von seinen Gesprächen mit Helene Schmeller zu berichten.

„Rudi ich wusste, dass du Frau Schmellers Vertrauen gewinnen würdest. Ich finde es immer wieder faszinierend, wie ein Windhund wie du es bist, doch so sensibel mit Menschen umgehen kann."

„Ist schon gut Hubert, hör jetzt auf. Das war nicht einfach, auch für mich nicht, das ist mir emotional ordentlich unter die Haut gegangen."

„Hat dir Frau Schmeller bestätigt, dass sie damals 1971 Zwillinge zur Welt gebracht hat?"

„Nein Hubert, das hat sie nicht. Ihre Ehe mit Karl-Heinz Schmeller blieb kinderlos, den Max haben die Schmellers im April 1971 adoptiert."

„Aber die Geburtsurkunde, die mir Max Schmeller gezeigt hat, die weist doch Karl-Heinz und Helene Schmeller als die Eltern von Max aus."

„Es handelt sich im Falle von Max Schmeller um eine damals in der DDR zuhauf vollzogenen Zwangsadoptionen. Max leibliche Mutter wurde wegen versuchter Republikflucht zu einer Gefängnisstrafe verurteilt. Damit verbunden war die Aberkennung der Eignung zur Kindererziehung. Wahrscheinlich unter Zwang wird sie dann der Adoption ihres ungeborenen Kindes zugestimmt haben.

In der Hoffnung später gegen Devisen an die BRD abgeschoben zu werden.

Offensichtlich wurde sie zur Entbindung von Hoheneck in das Stasi Gefängnis nach Hohenschönhausen gebracht, um dort Max zur Welt zu bringen. Der verantwortliche Arzt hat dann in den Meldeschein der Geburt an das Standesamt, direkt den Namen der Schmellers eingetragen."

„War das so üblich?"

„Mensch Hubert, du bist der Anwalt. Diese Frage kann ich dir nicht beantworten. Vielleicht war es auch der Einfluss der Schmellers? Immerhin war Karl-Heinz Schmeller 1971 bereits Oberleutnant bei der Stasi und sein Vater war als Generalleutnant ein ganz hohes Tier beim MfS."

„Und Max Schmeller weiß davon nichts?"

„Nein! Und ich habe Frau Schmeller zugesagt, dass wir es ihr überlassen werden ihren Sohn darüber aufzuklären. Meinst du wir können mein Versprechen einlösen oder musst du das der Mordkommission mitteilen?"

„Mach dir mal keine Gedanken. Das, was du da jetzt erfahren hast, das bringt uns weder im Kioskmord noch in der Mordsache in Mainz einen Schritt weiter. Man weiß auch nicht, ob die Morde überhaupt etwas miteinander zu tun haben. Die Zwillingsthese bleibt unbestätigt bestehen. Kennt man den Namen von Max Schmellers leiblicher Mutter?"

„Nein, diesbezüglich hatte Helene Schmeller keinerlei Informationen."

„Aber diese Stasi-Leute haben doch sonst alles penibel protokolliert?"

„Dass Frau Schmeller davon keine Kenntnis hat belegt ja nicht automatisch, dass es darüber keine entsprechenden Stasi-Akten gibt. Die wird es auch in diesem Fall geben und die werden auch in irgendwelchen Archiven vor sich hin gammeln, wenn sie 1989 nicht dem Reißwolf zum Opfer gefallen sind."

„Mal etwas anderes Rudi, für übernächste Woche ist das Wiederaufnahmeverfahren von Max Schmeller anberaumt. Die Staatsanwaltschaft hat schon signalisiert, dass alles auf Freispruch hinausläuft."

Das Wiederaufnahmeverfahren in der Mordsache Max Schmeller fand statt am 24. Juli und endete mit einem Freispruch. Max Schmeller wurde eine Haftentschädigung zugesprochen und er konnte den Gerichtssaal als freier Mann verlassen. Er kehrte zurück in sein Appartement am Sachsenhäuser Museumsufer und nahm seine Arbeit bei der Bank wieder auf.

In der Soko 'Toter; Pariser Straße' kam man überhaupt nicht voran. Felix Schmadtke und Willi Steeger trafen sich zu einem der wöchentlich abwechselnden Statusmeetings.

In den ungeraden Wochen in Frankfurt. In den geraden Wochen in Mainz. Immer dabei auch Flo Heinen und Tok Ömür sowie Sybille Meierhöfer, die das Protokoll führte.

„Felix, hast du gehört? Der Schmeller ist im Wiederaufnahmeverfahren freigesprochen worden und lebt jetzt wieder in Frankfurt."

„Hab ich mitbekommen, habt ihr ein Auge auf den?"

„Ich weiß nicht wie ich die wichtige Arbeit erledigen soll? Meinst du, wir hätten Personal, um jeden Frankfurter zu überwachen? Außerdem, mit welchem Grund sollte ich Max Schmeller unter Beobachtung stellen? Der ist freigesprochen. Ende."

„Dachte ja nur, vielleicht würde ja sein Zwillingsbruder Kontakt zu ihm aufnehmen."

„Warum sollte der das machen? Die wissen ja offensichtlich noch nicht einmal voneinander. Das erachte ich als sehr unwahrscheinlich."

„Der Mord an dem Gynäkologen in Mainz ist jetzt länger als ein halbes Jahr her. Keine Spuren, keine Zeugen, kein Motiv, nichts. Null Komma nichts. Irgend einem Arsch muss doch verdammt noch mal etwas aufgefallen sein. Scheiße, ist das …

Billi, Arsch und Scheiße schreibe, bitte nicht in das Protokoll, bist du so nett."

„Hör mal, wie lange schreibe ich für euch schon Protokoll?"

„Ist ja gut. Danke!"

Dann fragte Sybille, ob sie auch einmal eine Frage stellen dürfe.

„Klar", sagte Willi. „Du bist doch Mitglied der SoKo. Was willst du denn Fragen?"

„Wäre das nicht ein Fall für Aktenzeichen XY? Ich sehe nicht, dass wir hier maßgeblich vorankommen und seit der Tatnacht haben wir auch keine neuen Spuren aufnehmen können. Wir treffen uns nur jede Woche einmal und erzählen uns, dass wir nichts wissen und nichts Neues gefunden haben."

„Warum eigentlich nicht? Schaden kann es nicht. Ob der Fall jedoch Chancen auf viele Anrufer hat, das glaube ich nicht."

„Ob die beim ZDF so etwas überhaupt senden würden? Da ist ein 88-jähriger Gynäkologe im Ruhestand geradezu sanft umgebracht worden. Wen interessiert das denn?

Außer vielleicht die Putzfrau vom Mordopfer selbst."

„Weiß jemand wie man da überhaupt in die Sendung kommt?"

„Nee, keine Ahnung. Ich mache mich morgen einmal schlau und rufe gegebenenfalls beim ZDF und in der dortigen Redaktion an."

„Super! Mach das Billi. Nimm es auch als Ergebnis der Sitzung in das Protokoll, dann haben wir wenigstens einmal wieder einen Aktionspunkt. Die Sitzung ist hiermit geschlossen."

In der ZDF Sendung Aktenzeichen XY moderierte Rudi Cerne am Mittwochabend folgenden Fall:

»Um ihre Hilfe bitten wir auch im Mordfall Dr. Edwin Kowalski. Herr Dr. Kowalski war einige Jahre nachdem er aus Berlin nach Mainz übersiedelte bei den Universitätskliniken in Mainz als Gynäkologe angestellt. Mittlerweile befand sich Herr Dr. Kowalski jedoch schon seit fast zwanzig Jahren im Ruhestand. Herr Dr. Kowalski, der ein sehr zurückgezogenes Leben führte, wurde im Frühjahr dieses Jahres in seiner kleinen Wohnung in der Pariser Straße in Mainz erstochen aufgefunden. Das einzige, was man rekonstruieren konnte, das war, dass Herr Dr. Kowalski seinem späteren Mörder wohl selbst die Wohnungstür öffnete. Es gab keinen Kampf in der Wohnung. Auch wurden keine Gegenstände aus der Wohnung entwendet. Die Kriminalpolizei fragt auf diesem Wege, ob jemand am 14. März dieses Jahres, kurz nach Mitternacht in der Pariser Straße eine dort fremde Person aufgefallen ist. Vielleicht ist ein geparktes Auto aufgefallen, das üblicher Weise nicht in der Pariser Straße abgestellt war. Vielleicht ein Fahrzeug mit fremdem Kennzeichen. Die Tat selbst wurde mit einem sehr scharfen Messer verübt. Anzunehmen, dass es sich dabei um ein Stilett gehandelt hat. Sollte jemand ein solches Stilett in der Umgebung der Pariser Straße gefunden und an sich genommen haben, so wäre es sehr hilfreich für die Mordkommission, wenn der Finder das Messer abgeben würde. Hinweise zu dem Fall geben Sie bitte an die Kripo in Mainz oder an jede andere Polizeidienststelle. Unsere Telefone meine Damen und Herren, sind über das Ende der heutigen Sendung hinaus, bis 0:45 Uhr frei geschaltet.

Das war es für heute, ich danke ihnen für ihre Aufmerksamkeit.

Guten Abend und bleiben sie sicher.«

Zwei Wochen danach war das Statusmeeting der SoKo in Frankfurt anberaumt.

„Gibt es irgendwelche Resonanz auf die Fernsehsendung?"

Sybille sagte: ‚Nee, beim ZDF hat keiner angerufen und auch von den Kollegen gibt es keine Meldungen.'

‚Ich bekam gestern Vormittag einen merkwürdigen Anruf zu dem Fall', sagte Felix.

„Eine gewisse Elke Franke aus Furth im Wald."

„Wo ist denn das, Furth im Wald?"

„Im Kreis Cham in Bayern. Direkt an der tschechischen Grenze."

„Also am Arsch der Welt! Und was wollte diese Frau Franke, welchen Hinweis hatte die zu geben?"

„Sie könne sich vorstellen, dass ein Sohn von ihr der Täter sein könnte."

„Ja und: Wie heißt der? Wo wohnt der? Haste den überprüfen lassen? Jetzt lass dir doch nicht jeden Wurm einzeln aus der Nase ziehen, was soll das denn?"

„Sie konnte mir keinen Namen nennen, auch weiß sie nicht wo der wohnt. Moritz würde er heißen. Zumindest hätte er sich ihr als Moritz vorgestellt."

„Weißt du, wie alt die Dame ist?"

„73 sagte sie."

‚Fällt man mit 73 schon auf den Enkeltrick rein?'

„Obwohl das alles merkwürdig klingt: Einen verwirrten Eindruck machte mir die Frau am Telefon eigentlich nicht. Sie wollte aber auch am Telefon nicht alle Einzelheiten erzählen. Das wäre eine längere Geschichte, die in ihre DDR Vergangenheit zurückreichen würde. Ich habe ihr gesagt, dass ich mit einem Kollegen zu ihr nach Bayern kommen würde, um mit ihr zu sprechen."

„Mit einem Kollegen nach Bayern? Wie stellst du dir das vor Felix? Ich habe hier in Frankfurt drei Mord Leichen auf dem Eis liegen. Die Clans spielen gerade mal wieder verrückt, ich habe keine Leute und von denen die ich habe, sind gefühlt die Hälfte im Krankenstand. Ich kann hier unmöglich weg."

„Was ist mit Tok."

„Tok Ömür arbeitet hier für zwei und ich bekomme den noch nicht einmal eine Stufe hochgestuft. Ich weiß, wir sind eine SoKo. Aber bitte verschone mich vor mehrtägigen Dienstreisen. Nimm den Flo Heinen mit nach Bayern. Der olle Gynäkologe ist immerhin bei euch in Mainz zu den ewigen Jagdgründen gereist, ich glaube sowieso nicht mehr daran, dass das etwas mit dem Kioskmord in Friedberg zu tun hat."

„Alles gut! Ich nehme Flo mit nach Bayern. Wir fahren am Mittwoch und planen am Freitag wieder in Mainz zu sein. Alles Weitere erzählen wir dann nächste Woche bei unserem SoKo Status. Der ist nächste Woche übrigens bei uns drüben in Mainz.

Wollen wir anschließend in die Eisgrub auf ein paar Bierchen und einen Happen zum Essen."

„Ja machen wir, Billi, bestellst du einen Tisch?"

Am Mittwoch darauf fuhren Felix Schmadtke und Florian Heinen wie im Statusmeeting festgelegt zunächst über die A3 in Richtung Nürnberg, um dann hinter Nürnberg auf die A6 Richtung Prag abzubiegen. Als die beiden an der Ausfahrt Cham auf die Landstraße fuhren, da zeigte das Navi noch 40 Minuten Fahrzeit an. Das Häuschen von Elke Franke lag an der Voithenbergstraße stadtauswärts in Richtung Golfplatz.

Felix und Florian betraten durch ein kleines Gartentürchen einen liebevoll gepflegten Vorgarten als sich ohne, dass die zwei Polizisten den Klingelknopf betätigt hatten, die Haustür öffnete und eine zierliche jugendlich wirkende Frau in der Tür stand.

„Hallo, die Herren, Sie sind bestimmt die Polizisten aus Mainz?"

„Und Sie sind Frau Franke?", fragte Felix.

„Ja das bin ich, kommen Sie bitte herein. Ich habe heute Morgen einen Aprikosenstreusel gebacken und eine Tasse Kaffee werden die Herren nach der langen Autofahrt bestimmt auch nicht ablehnen."

„Aber das wäre doch nicht nötigt gewesen. Gerne nehmen wir ihr Angebot an. Vielen Dank Frau Franke."

In der Küche vor dem Fenster stand eine gemütliche Eckbank und zwei Stühle. Der Tisch war eingedeckt und auf einer Etagere war der bereits portionierte Kuchen dekoriert.

Dass dieser frisch gebacken war, das war eine eigentlich überflüssige Information.

Das ganze Häuschen roch nach frisch gebackenem Aprikosenstreusel. Felix und Flo konnten in diesem Moment eher glauben, dass sie ihre Oma besuchen würden. Und fast vergaßen die beiden, dass sie im Auftrag der Mainzer Mordkommission hier waren.

„Schmeckt ihnen mein Kuchen. Möchten Sie noch ein Stück?"

„Wunderbar", mampfte Felix. „Gerne nehme ich noch ein Stück."

Doch als Elke Franke Kaffee nachgoss, da sagte Felix:

„Frau Franke, so wie Sie uns hier als Gäste bewirten, das ist sehr nett von Ihnen. Aber ich möchte daran erinnern, dass Herr Heinen und ich von der Mordkommission in Mainz zu Ihnen kommen, um in einer Mordsache zu ermitteln."

„Ja, ja Herr Kommissar, aber ich bin doch nicht unter Mordverdacht! Oder?"

„Nein selbstverständlich nicht, aber wenn Sie mich mit meinem Dienstgrad ansprechen wollen, dann bitte Hauptkommissar. Ich bin Hauptkommissar Schmadtke und mein Kollege ist Kommissar Heinen."

„Herr Hauptkommissar muss ich nun mit Ihnen auf die Wache kommen oder kann das Verhör hier am Küchentisch stattfinden? Darf ich Ihnen noch einmal Kaffee nachschenken".

„Ja danke und verstehen Sie mich bitte nicht falsch. Natürlich sind wir zu Ihnen gekommen, um mit Ihnen hier zu sprechen. Es gibt auch keine Verdachtsmomente gegen Sie. Immerhin haben Sie sich bei uns gemeldet. Jedoch sehen Sie mir nach, dass es schon Erklärungsbedarf gibt. Es klang in der Tat merkwürdig, als sie sagten, dass ihr Sohn als Täter infrage kommt.

Sie aber nur seinen Vornamen kennen.

Können Sie mir das vielleicht als Erstes erklären?

Erklären, wie das zusammen geht?"

Und dann begann Elke Franke zu erzählen:

»Es war am 6. Januar dieses Jahres. Ich erinnere mich so genau, weil die Sternsinger durch die Gemeinde zogen. Die Sternsinger waren gerade gegangen, als es an der Tür läutete. Unbedacht öffnete ich. Ich glaubte eines der Kinder aus der Sternsinger Gruppe hätte vielleicht etwas liegen lassen oder müsse auf die Toilette.

Stattdessen stand ein Mann vor der Tür. Er war so um die fünfzig Jahre alt, leicht untersetzt aber nicht dick. Er war sportlich aber gepflegt gekleidet und man musste wirklich nicht vor ihm erschrecken.

Jedoch schaute er mich merkwürdig von oben bis unten an und es dauerte eine gefühlte Ewigkeit, bis er sagte, er wäre Moritz, mein Sohn. Ich erwiderte ihm, dass ich keinen Sohn hätte, dass ich alleine leben würde und keine Familie habe. Er stand da und ich sah, wie ihm Tränen über die Wangen liefen. Als er seine Emotionen etwas unter Kontrolle bekommen hatte, fragte er mich:

Aber sie sind doch Elke Franke? Elke Franke aus Leipzig. Die Elke Franke die 1971 im Stasi-Gefängnis in Hohenschönhausen Zwillinge zur Welt gebracht hat.

Wie er darauf kommen würde fragte ich und er sagte mir, dass er entsprechende Unterlagen gefunden hätte.

Ich sagte ihm, dass das vielleicht so gewesen war. Auch erklärte ich ihm, dass ich dieses Kapitel aus meiner Vergangenheit aus meinem Gedächtnis gelöscht habe. Ich damit nichts mehr zu tun haben möchte. Ich habe in meiner Erinnerung keine Kinder und ich möchte auf keinen Fall nun nach fast fünfzig Jahren wieder daran erinnert werden. Ich habe keinen emotionalen Bezug dazu und überhaupt, wie können sie das beweisen?

Da kann ja jeder an meiner Tür klingeln und behaupten mein Sohn zu sein.

Kennen Sie Dr. Kowalski fragte er dann. Nein, kenne ich nicht!

Wer ist mein Vater, wenigstens das müssen Sie mir doch sagen können bohrte er mit seinen Fragen?

Das kann ich nicht, das will ich auch nicht, antwortete ich. Nur soviel, Ihr Vater ist Tod. Wenn sie den besuchen wollen, dann müssen sie in Berlin und nicht in Bayern suchen.«

„Haben Sie diesen Moritz nicht ins Haus gebeten?“

„Nein, das war ein fremder Mann, es war Winter und dunkel um kurz nach sechs.

Sie sehen selbst wie weit es zum nächsten Nachbarn ist. Ich bat ihn zu gehen und habe die Tür geschlossen."

„Und dann ist er einfach gegangen?"

„Er hat noch einmal geklingelt."

‚Haben sie noch einmal die Tür geöffnet?'

„Ja jedoch konnte ich die Kette einhängen, so war die Tür nur einen Spalt weit und gesichert geöffnet."

„Was ist dann noch geschehen?"

„Er hat weiter auf mich eingeredet. Wenn man ihn um sein Leben betrogen hätte, dann wäre es doch nur gerecht, wenn er nun nach fast 50 Jahren seine leiblichen Eltern kennenlernen dürfte. Auch hätte man ihn um einen Bruder betrogen. Wo ist mein Zwillingsbruder, bitte sagen Sie mir wo mein Zwillingsbruder ist, sagen Sie mir wenigstens wie er heißt. Ich erwiderte, dass ich weder den Namen noch den Aufenthaltsort seines Zwillingsbruders wissen würde. Das Gleiche gilt für Ihren Vater, ich weiß nicht, wo all diese Menschen sind. Ich sagte ihm, dass auch ich von diesem scheiß Staat, der sich DDR nannte, um mein Leben betrogen wurde. Betrogen wurde wie so viele die das Schicksal mit mir teilen und im Osten der Republik auf die Welt gekommen sind, dass es Jahrzehnte gebraucht hat um all diese Ungerechtigkeiten zu verdrängen. Um ein Stück Lebensmut und Lebensfreude zurückzugewinnen. Ich sagte ihm, dass das nur geht, indem man die dunklen Seiten einfach meidet und verdrängt. Indem man sich auf das Hier und Heute konzentriert. Ich erfreue mich an der Biene, die im Frühjahr von Tulpe zu Tulpe fliegt. Ich empfinde Glück, wenn mich im Winter die Kohlmeise an der Futterstelle besucht, wenn sich die Eichhörnchen an den von mir ausgelegten Nüssen bedienen. Das macht mich glücklich, wissen Sie. Und dieses Glücklich sein, das ist, was mich am Leben hält. Die ständige Erinnerung an die Hölle, in der ich einen großen Teil meines Lebens verbringen musste, das würde mich umbringen, das würde meine Seele ersticken.

Ich war so froh, als er sich dann mit der Einsicht abwandte, dass er bei mir nichts für sein Vorhaben erfahren konnte und er ging. Er kam nie mehr zurück und ich hatte die Angelegenheit schon wieder vergessen, bis ich dann vor ein paar Wochen in der Sendung Aktenzeichen XY abermals den Namen Dr. Kowalski hörte. Da kam mir die Erinnerung an diesen Moritz zurück."

„Haben Sie sich an einen Dr. Kowalski erinnern können? Hat der Ihren Lebensweg irgendwann einmal gekreuzt?"

„Das kann ich Ihnen nicht sagen. Ich habe den Namen schon einmal gehört. Ja! Aber ich kann mich nicht erinnern, wann und wo. Vielleicht war es auch nur an diesem 6. Januar, dass ich den Namen Kowalski gehört habe."

„Und die Zwillinge, haben Sie in der DDR wirklich Zwillinge zur Welt gebracht?"

Elke Franke stand auf, drehte sich um und ging hinüber zur Küchenspüle. Sie nahm ein Küchenhandtuch und trocknete sich ganz offensichtlich Tränen.

Felix Schmadtke und Florian Heinen schauten sich an und verständigten sich stumm. Sie warteten den emotionalen Moment, der Elke Franke überkam, ruhig und respektvoll ab, bis Felix Schmadtke meinte:

„Frau Franke, ich glaube, das hat Sie nun sehr angestrengt und betroffen gemacht. Wir sollten das für heute gut sein lassen. Sind Sie damit einverstanden, wenn wir morgen Vormittag noch einmal zu Ihnen kommen? Können wir Sie in ihrem Zustand jetzt alleine lassen? Gibt es vielleicht jemanden in der Nachbarschaft, der nach Ihnen schauen kann?"

„Ja, ich wäre Ihnen sehr verbunden, wenn Sie weitere Fragen auf morgen verschieben könnten. Ich rufe eine Freundin an, vielleicht kann die auch den Abend mit mir verbringen. Wissen Sie, wo Sie übernachten?"

„Wir sind im Gasthof Fellner, aber machen Sie sich über uns keine Gedanken. Sollen wir warten bis Sie mit ihrer Freundin gesprochen haben?"

„Nein danke, das ist nicht nötig. Es geht schon wieder. Entschuldigen Sie bitte, ich bin selbst überrascht über mich. Wann wollen Sie morgen Vormittag kommen?"

„So gegen elf. Ist Ihnen das recht?"

„Ja das ist gut. Elf Uhr ist eine gute Zeit."

Hauptkommissar Schmadtke und Kommissar Heinen verabschiedeten sich und fuhren zum Gasthof Fellner. In Furth im Wald gibt es keine langen Wege. Nach wenigen Minuten waren sie in ihrer Herberge in der Nähe des Bahnhofes. Felix Schmadtke machte sich frisch, wechselte Jeans und Hemd um dann um 18:30 Uhr mit Flo zu Abend zu essen. Nach dem Essen gönnten sich die zwei eine weitere Radlerhalbe. Sie besprachen, was sie am nächsten Tag von Elke Franke erfahren wollten und gingen danach recht früh auf ihre Zimmer. Die Zimmer waren einfach aber sehr sauber und mit Liebe und Geschmack hergerichtet. Über Felix Bett stand an der rosa gestrichenen Wand geschrieben:

»Wer glaubt, etwas zu sein hat aufgehört, etwas zu werden!«

Während Felix Schmadtke versuchte diesen Spruch auf sich zu beziehen ist er eingeschlafen. Die lange Autofahrt und das Gespräch mit Elke Franke haben ihren Teil dazu beigetragen, dass er tief und lange in der Ruhe des Bayrischen Waldes schlief und erst um acht Uhr vom Geläut der Kirche geweckt wurde. Als er um 9:45 Uhr den Frühstücksraum betrat hatte Florian Heinen bereits seinen dritten Cappuccino getrunken.

„Schau einmal in die Bildzeitung. Letzte Seite im Boulevard"

„Das gibt es doch nicht, wie kann den so was sein?"

Felix Schmadtke musste lesen: »Spur des Aktenzeichen XY Mordfalles an dem Mainzer Gynäkologen führt nach Bayern.«

Bevor sich die beiden jedoch mit der Frage beschäftigten, wie es zu dieser Bild Zeitung Meldung kommen konnte, stimmten sie sich auf ihren Besuch bei Elke Franke ein.

„Was haben wir nun erfahren was uns weiter bringen könnte?"

„Nicht so recht viel. Ich glaube wir stochern immer noch im Nebel."

„Was Fakt ist: Das ist, dass der Kioskbesitzer, der Gynäkologe und nun auch Frau Franke eine DDR Vergangenheit haben."

‚Sowie Max Schmeller und seine Mutter in Berlin.'

„Aber gibt es irgendein Indiz für einen Zusammenhang zwischen diesen Personen?"

„Nein, zumindest kann ich keinen Zusammenhang erkennen."

„Sag mal Felix, hast du eigentlich Informationen über Schmellers Mutter in Berlin?"

„Indirekt. Für den Rechtsanwalt von Schmeller, einem gewissen Dr. von Hohenstein, arbeitet ein

Privatdetektiv. Dieser Rudi Kraft, so heißt der Typ, mit dem war ich in der Grundausbildung bei der Bereitschaftspolizei in Koblenz. Mit dem hatte ich einen informellen Kontakt. Rudi hat mir bestätigt, dass er Frau Schmeller am Wannsee besucht hat. Die lebt dort in einem psychiatrischen Pflegeheim. Außer dem Hinweis, dass Max Schmeller und auch seine Mutter unter dem Vater gelitten hätten, der Hauptamtlicher beim Ministerium für Staatssicherheit war, habe ich keine weiteren Informationen.

Der alte Schmeller war wohl Major bei der Stasi und sein Vater, also Max' Großvater, der war sogar Generalleutnant. Also ein ganz hohes Tier. Gelebt haben die in Hohenschönhausen. Das muss zu DDR Zeiten so eine Enklave für die richtig Staatstreuen gewesen sein. Dort war auch ein Stasi Gefängnis. Das musst du dir so vorstellen: Die hatten dort 120 Verhörzimmer, demgegenüber standen 100 Haftzellen. In Hohenschönhausen war auch das zentrale Stasi-Gefängnis-Krankenhaus. 28 Krankenbetten standen dort zur Verfügung und kranke Häftlinge aus der ganzen Republik wurden dort hingebracht, um speziell notwendige medizinische Behandlungen zu erfahren."

„Woher weißt du das alles Felix?"

„Ich habe vor einiger Zeit die dortige Gedenkstätte besucht. Ich kann dir sagen: Verglichen mit dem, was du dort siehst und erzählt bekommst, verglichen damit, sind unsere Gefängnisse hier, zum Beispiel die JVA Rohrbach-Wöllstein, die reinsten Erholungsheime."

„Felix, es ist schon viertel vor elf, ich glaube wir müssen los. Wir sollten Frau Franke nicht warten lassen."

„Ja Flo, du hast recht. Lass uns fahren."

Als Felix Schmadtke und Florian Heinen am Häuschen von Frau Franke ankamen, jätete Frau Franke in ihrem Gärtchen das Unkraut.

„Guten Morgen die Herren, gut geschlafen?"

„Ja danke, himmlisch die Ruhe hier bei Ihnen im Bayrischen Wald. Und wie geht es Ihnen heute".

„Danke gut. Birgit meine Freundin war gestern Abend bei mir, wir haben ein Fläschchen Wein getrunken und sie hat mir Mut gemacht Ihnen meine Lebensbeichte abzulegen. Und nachdem ich mir darüber meine eigenen Gedanken gemacht habe, bin ich dazu bereit und glaube, dass es mir mehr helfen als schaden wird. Hoffe ich auf jeden Fall. Kommen Sie, wir gehen in das Haus, haben Sie schon gefrühstückt."

„Ja, ja um Gottes willen. Im Gasthof-Fellner hat man es an nichts fehlen lassen.

Wir sind papp satt."

„Ein Glas Wasser schlagen Sie aber nicht aus? Oder?"

„Wasser ist OK."

„Mit oder ohne Kohlensäure?"

„Egal"

„Egal gibt es nicht. Hier eine Flasche mit und eine ohne."

Felix Schmadtke und Florian Heinen saßen auf der Eckbank und Elke Franke ihnen gegenüber auf einem Stuhl.

Ohne eine Frage der Polizisten abzuwarten, begann Elke Franke zu erzählen:

»Ich hole etwas weiter aus und hoffe auf Ihre Nachsicht.

1945 wurde ich in Leipzig geboren. Am 23. Mai um genau zu sein. Die Stadt war von den Bombenangriffen mehr zerstört als ganz. In einem von Bombenangriffen stark beschädigten Haus hatte man meiner Mutter so etwas wie ein Matratzenlager eingerichtet. Die Fenster, die keine Scheiben mehr hatten, waren mit alten Wehrmachtsdecken zugehängt, aber trotzdem muss es dort nachts im Mai 1945 noch sehr kalt gewesen sein. Das war die Kulisse in der mich meine Mutter mithilfe einiger Frauen, die in dem ausgebombten Haus ebenfalls Unterschlupf gefunden hatten, zur Welt brachte.

Meinen Vater habe ich nie kennengelernt. Neun Monate vor meiner Geburt war er zum letzten Mal auf Heimaturlaub. Meine Mutter sagte mir später einmal, dass ich nicht aus Liebe gezeugt worden wäre. Vielmehr hätte sich ein unter Entzug leidender Heimaturlauber seinen Notstand befriedigt. So wie sie mir das sagte, hat mich das damals als fast 20-Jährige sehr erschüttert.

In den letzten Kriegstagen ist er dann wohl als Führer einer Volkssturm Gruppe an einem Brückenkopf an der Oder von Mitgliedern der Roten Armee erschossen worden.

Auch dazu sagte meine Mutter etwas für mein Empfinden sehr schlimmes.

Es wäre das Beste gewesen, was ihr die Rote Armee angetan hätte, sagte sie immer wieder einmal, wenn sie in Gesprächen auf meinen Vater zu sprechen kam.

Aus Erzählungen weiß ich, dass man nach dem Sommer 1945 Fensterscheiben in dem Zimmer in dem ausgebombten Haus eingebaut hatte. Ein kleiner Bollerofen spendete Wärme. Meine Mutter wohnte mit einer Frau dort, die eine Woche vor ihr in dem Raum ihr Kind gebar. Heinrich hieß der Junge und zu der Bekannten meiner Mutter sagte ich Tante Anna. Die beiden Frauen, Tante Anna und meine Mutter, machten zu der Zeit so etwas, was man heute Jobsharing nennen würde. An dem Tag, an dem Tante Anna einer Gelegenheitsarbeit nachging, kümmerte sich meine Mutter und an den Tagen an denen meine Mutter eine Gelegenheitsarbeit verrichtete, da kümmerte sich Tante Anna um Heinrich und mich. Kümmern bedeutete auch, dass die beiden Frauen uns Kinder beide gestillt haben. Das haben sie auch sehr lange gemacht. Damit hatten Heinrich und ich in den ersten beiden Lebensjahren immer mehrere warme Mahlzeiten. Wobei das Stillen wohl zunehmend unangenehm geworden sein muss. Offensichtlich haben wir den beiden Frauen, nachdem wir gezahnt hatten die Brustwarzen blutig gebissen, weil wir einfach nicht mehr satt wurden. Ich weiß nicht wie die zwei Frauen es geschafft haben, aber nach ihren Arbeitstagen, die sie sich mit Naturalien entlohnen ließen, gab es sehr oft ausreichend zu Essen und sie konnten sich leisten uns abzustillen.

Mit Gründung der DDR am 7. Oktober 1949 bekamen wir dann noch vor Winteranfang eine Dreizimmerwohnung in der Nähe zur Messe zugewiesen. Was ein Luxus! Tante Anna hatte nun ein eigenes Zimmer zusammen mit Heinrich und meine Mutter hatte ein Zimmer gemeinsam mit mir. Das Wohnzimmer und die Küche teilten wir uns als Gemeinschaftsräume. Das Klo war auf halber Treppe im Flur. Meine Mutter und Tante Anna fanden Arbeit im Klinikum St. Georg. Noch immer haben sie sich die Schichten so eingeteilt, dass immer eine von beiden bei uns Kindern war. Zudem hatten sie zu zweit so etwas wie ein doppeltes Einkommen. Und gemessen an den Verhältnissen, wie sie in der DDR der 50er und 60er Jahre herrschten, fehlte es uns an nichts. Zu Ostern 1952 wurde ich gemeinsam mit Heinrich eingeschult und 1957 sind wir gemeinsam auf das Leibniz-Gymnasium gewechselt.

Es war 1961 kurz vor Heinrichs sechzehntem Geburtstag, als Tante Anne erzählte, dass sie für ein paar Tage mit Heinrich nach Berlin reisen wolle, um dort seinen Geburtstag zu feiern. Unterkunft hätte sie bei einer Schulfreundin gefunden, die nach dem Krieg mit ihrem Mann nach Berlin Mitte gezogen war.

Nachdem sich Tante Anna von meiner Mutter verabschiedet hatte, sagte meine Mutter:

So wie die mich fast erdrückt hat, werden wir die beiden wohl nicht wieder sehen.

Und so war es auch. Monate später kam ein Brief aus Hamburg, in dem Tante Anne meine Mutter um Entschuldigung gebeten hat. Sie wäre mit Heinrich über die noch offene Grenze nach West-Berlin gegangen und würde nun in Hamburg leben. Die Entwicklungen in der DDR verglichen, mit denen in der BRD wären für Heinrich und seinen Lebensweg nur nachteilig.

Das war das Letzte, was ich von den zweien gehört habe. Ich weiß nicht was aus den beiden geworden ist. Ich weiß nicht, wo und ob sie heute noch leben. Das letzte Bild von Tante Anna, das ich im Kopf habe, ist die Umarmung mit meiner Mutter im Treppenhaus vor unserer Wohnung in Leipzig. Heinrich war zu dem Zeitpunkt schon zur Treppe hinuntergelaufen.

Wenn die Flucht von Tante Anna auch für meine Mutter und mich etwas Positives hatte, dann war es der Umstand, dass wir die gesamte Wohnung nun für uns alleine hatten.

Als sechzehnjähriger Teenager musste Mama auch mit ihrem Schichtdienst keine große Rücksicht mehr auf mich nehmen.

Nachdem ich mein Abitur mit gutem Ergebnis abgeschlossen hatte, begann ich ein Studium an der Uni Leipzig in der Fakultät Chemie und Mineralogie.

Meine Mutter unterstützte mich finanziell und ich hatte in unserer Wohnung ein eigenes Zimmer, was in der DDR Mitte der 1960er nicht so üblich war.

Es hätte also alles sehr gut sein können, wenn meine Mutter Anfang 1965 nicht sehr krank geworden wäre. Die Ärzte sprachen von Spätfolgen der Arbeiten, die meine Mutter in den Nachkriegsjahren im Chemie Kombinat leistete.

Im August 1965 ist sie dann noch nicht einmal fünfzigjährig gestorben und ich war mit meinen zwanzig Jahren völlig auf mich alleine gestellt. Aber nicht nur das. Meine Mutter war noch keine zwei Monate unter der Erde, da haben zwei Herren bei mir angeklopft.

Ich müsse Verständnis haben, dass es in Leipzig Familien gäbe, die viel mehr als ich alleine eine Dreizimmerwohnung benötigen würden. Es wäre meine sozialistische Pflicht für solch bedürftige Familien meine Wohnung aufzugeben und in eine meinen Verhältnissen angepasste kleinere Wohnung zu ziehen.

In der Leipziger Innenstadt hat man mir dann eine Einzimmerwohnung zugewiesen. Angenehm daran war nur, dass neben der Küche auch ein Badezimmer mit Toilette in die Wohnung integriert war.

Aber Sie können sich nicht vorstellen, wie schwer mir das gefallen ist. Nicht, dass ich mit der kleinen Wohnung persönlich unter Platzmangel gelitten hätte. Nein! Mein Problem war, dass ich das Mobiliar aus der alten Wohnung nicht unterbringen konnte.

OK, das war nun kein Designermöbel, das Gegenteil war der Fall, altes Zeug war das und so hat man es dann auch behandelt. Trotzdem hat es mir Schmerzen in meiner Seele zugefügt, als ein Stück nach dem anderen achtlos auf den Lkw des Schrotthändlers geworfen wurde.

Das, was für die Entrümpeler alter wertloser Unrat war, das war meine Heimat.

Verstehen Sie? Zwanzig Jahre alt musste ich zusehen wie meine Heimat, wie mein Zuhause achtlos einfach weggeworfen wurde.

Zwei Monate nach dem Tod meiner Mutter wusste ich nicht mehr, um was ich eigentlich mehr trauern sollte. Um den Verlust der Mutter oder um den Verlust meiner Heimat, den Verlust meines Zuhause.

Innerhalb weniger Wochen war ich alleine, beraubt um mein bisheriges Leben.

Was mir blieb, das war eine Keksdose mit ein paar Bildern und Briefen und eine Zigarrenkiste mit etwas Nippes und der Wehrmachtsmarke meines

Vaters, die sie meiner Mutter mit der Nachricht über seinen Tod übergeben hatten.

Wochenlang saß ich nun abends in meiner Einzimmerwohnung und habe mir die Bilder angeschaut und Mutters Fingerhut aus der Zigarrenkiste gestreichelt. Im Radio ließ ich zu diesem Szenario meistens klassische Musik laufen, wenn überhaupt.

Meine Leistungen in der Uni waren zu dieser Zeit auch nicht auf dem Niveau, auf dem sie eigentlich sein sollten. Unserem Dekan blieb das alles nicht verborgen und irgendwann bat mich unser Fakultätsvorsteher in sein Büro.

Schwär, war sein Name, einer seiner Cousins hatte sich in den Westen abgesetzt und unterrichtete in Rüsselsheim an der Friedrich Ebert Schule, wo er sich Ende der Sechzigerjahre als Klassenlehrer über die Leistungen von Helmut Christ' Sohn wunderte und wo er Helmut Christ nahe legte, seinen Sohn ein Handwerk lernen zu lassen.

Dekan Schwär beschrieb mir zunächst sehr eindrucksvoll die Situation, in der ich mich befand und meinte danach, dass ich mit Anfang zwanzig nicht in Depressionen fallen dürfe.

Mädel, dein Leben liegt doch noch vor dir. Und unsere sozialistische Staatsreform eröffne doch ungeahnte Perspektiven. Mädel gehen Sie hinaus in den Park, auf die Straße, hin zu unseren sozialistischen Jugendverbänden, schließen Sie sich der Freien Deutschen Jugend an, haben Sie Spaß, machen Sie Sport, gehen Sie wandern, fahren Sie in ein Jugendlager an die Ostsee, aber vergraben Sie sich nicht. Sie sind jung und das Leben steht Ihnen offen, auch wenn Sie vielleicht gerade in der letzten Zeit einen hohen Preis für Ihr Leben zahlen mussten. So ist es doch lebenswert, glauben Sie mir.

Irgendwie hat mich das Gespräch mit Herrn Dekan Schwär aufgerüttelt und hat mir neuen Lebensmut gegeben. Zumindest bin ich wieder unter die Leute gegangen.

Aber ich habe mich nicht an die FDJ gewandt, auch bin ich nicht in die SED eingetreten. Es war die Kirchengemeinde Nikolai, der ich mich anschloss.

Die Menschen dort haben mir mehr gegeben als diejenigen, welche dir nur immer von den tollen Errungenschaften des Sozialismus schwafelten.

Die Lieder, die man in der Kirchengemeinde gesungen hat, die haben mir auch besser gefallen. Die Texte waren nicht bedingungslos ohne Kritik. Man hatte das Gefühl, in der Gemeinde wurde nicht nur vorgefertigte Agitationsscheiße geschwafelt.

Es war vielmehr ein wenig, wie freies Denken was ich dort schon Ende der 60er Jahre zu spüren glaubte.

Und dann an einem Sonntag, nicht weit von der Nikolai Kirche am Schwanenteich, sprach mich ein junger Bursche an. Ein hagerer Typ nicht viel größer als ich. Schmalbrüstig ohne ausgeprägter Muskularität, so ein Hemd eben, eigentlich gar nicht mein

Beuteschema. Aber irgendwie hat mich die Art seiner Ansprache angesprochen.

Je öfter wir uns trafen, umso sympathischer wurde mir der Fritz. Ja, Fritz, so hieß er. Fritz Winkler. Fritz war handwerklich äußerst begabt und hat in einer Schreinerei gearbeitet. Aber auch mit Metall konnte er geschickt umgehen. Seinen Trabi hatte er sich aus drei Totalschäden zusammengebastelt und er konnte Gitarre und Mundharmonika spielen. Langweilig war es nie mit ihm und irgendwann wohnte er bei mir in meiner Einzimmerwohnung. Durch meine Kontakte zu den Leuten der Gemeinde hatte ich mittlerweile eine eher kritische Haltung gegenüber der DDR eingenommen und eines Abends im Bett in den Armen von Fritz, sagte ich, dass ich so gerne einmal nach Rom reisen würde. Ich wusste zu dem Zeitpunkt nicht warum, aber Fritz schaute mich richtig erschrocken an.

Wie stellst du dir das vor meine Liebe? Du kannst von Ungarn träumen, vielleicht von der Krim, aber doch nicht von Italien.

Aber warum eigentlich nicht, was hält, uns denn hier fragte ich. Und immer öfter sprach ich mit Fritz darüber, wie man die DDR eventuell verlassen könnte. Fritz beteiligte sich an diesen Gesprächen immer mehr intensiv und entwickelte sogar Vorschläge darüber, wie eine Flucht in die BRD aussehen könnte.

Aus Angst vor Lauschern an der Wand haben wir diese Gespräche nun immer öfter auf die Samstagabende gelegt, an denen Kessel Buntes im Fernsehen lief.

Kessel Buntes hat die ganze Nation angeschaut, da hat sich niemand gewundert, wenn man den Fernseher etwas lauter gedreht hat.

Versteckt unter dieser lauten Beschallung konnten wir unsere Fluchtpläne schmieden. Es war eine so schöne Zeit! Einfach deswegen, weil da einer war, dem ich zu 100 % vertrauen konnte.

Dann im Juli 1970 blieb bei mir die Periode aus. Fritz begleitete mich zu meinem Frauenarzt und im August hatten wir die Gewissheit darüber, dass ich schwanger war. Fritz machte mir daraufhin einen Heiratsantrag, den ich annahm und bevor wir Hochzeitspläne schmiedeten offenbarte mir mein Arzt, dass ich mit Zwillingen schwanger war.

Fritz schien das nicht sonderlich zu erschrecken. Vielmehr war er noch zuvorkommender als zuvor und ich fühlte mich äußerst geborgen.

Bei der Kessel Buntes Ausstrahlung Anfang Dezember fragte mich Fritz, was ich davon halten würde, wenn wir nach der Geburt der Zwillinge in München heiraten würden.

In München fragte ich nach? München liegt doch im Westen unten in Bayern.

Ja, ich weiß. Es gibt da einen Plan. Wir könnten, wenn das Wetter mitspielt zwischen den Jahren nach Drüben. Eine ganz sichere Sache. Es gibt einen Tunnel, den wir nutzen könnten.

Erschrocken fragte ich ob Fritz mit irgendjemand über unsere Pläne gesprochen hätte. Mach dir keine Sorgen, alles sicher, glaube mir, tröstete mich Fritz.

Nach Weihnachten fuhren wir dann in Fritz Trabi in den Harz. Die Wetterbedingung waren nicht schlecht. Zumindest hatte es nicht geschneit. Nur kalt war es, sehr kalt. Zudem war ich Ende des fünften Monats Schwanger und schon nicht mehr die beweglichste. Kritisch wurde es, als wir uns der Sperrzone näherten.

Fritz wusste, woher auch immer, dass die Sperrzone an der Stelle an der wir uns befanden, in etwa 3500 Meter bis zur Grenze weit war. Er hatte einen Kompass, nachdem er sich orientierte und wir gingen durch ein Waldgebiet, hauptsächlich Laubwald, der im Dezember nicht unbedingt dicht war. Aber es war Neumond und recht dunkel, was Fritz wohl ebenfalls berücksichtigt hatte.

Da wir uns in unbekanntem Gelände bewegten benötigten wir für die 3500 Meter in etwa eine und eine halbe Stunde. Fritz sagte, wir seien nun da. Er deutete auf eine für die Jahreszeit recht dichte Hecke. Wir gingen um die Hecke herum und standen vor einem, mit einem Gitter versehenen Stolleneingang. Dies wäre der Eingang zu einer alten Silbermine, die bis in die BRD hinüberreichen würde. Ein absoluter Geheimgang. Fritz hatte zu meiner Überraschung einen Schlüssel, der in das Vorhängeschloss passte. Er öffnete das Schloss, schob das Gittertor zur Seite, um dann von innen das Vorhängeschloss außen wieder anzubringen. Alles war so einfach.

Fritz sagte mir dann, er würde nun zuerst einmal alleine vorausgehen, um nachzusehen, dass die Örtlichkeiten wie beschrieben sein würden. Nach ca. 150 m würde der Stollen nach rechts abbiegen, um dann über eine Treppe weiter in den Berg zu führen, wenn er 'jetzt' rufen würde sollte ich ihm folgen. Nach wenigen Minuten hörte ich das vereinbarte Signal. Jetzt! Schallte es fremd und nachhallend durch den Stollen.

Ich lief los und als ich um den Rechtsknick gelaufen bin erhellte sich der Stollen in grellem Scheinwerferlicht. Sechs, sieben, acht Uniformierte packten mich.

Sie sind verhaftet! Leisten Sie keinen Widerstand!

Sie stießen mich durch einen anderen Stollen Abschnitt, bis ich wieder den Wald sah. Dort standen Autos. Sie legten mir Handschellen an und brachten mich noch in der Nacht durch die halbe Republik in das Erzgebirge in die Frauenhaftanstalt Hoheneck.«

Elke Franke war von ihren Erzählungen sichtlich mitgenommen. Tränen liefen ihr über das schmale fast lausbübische Gesicht. In der Küche brummte eine Fliege.

Ansonsten nur Stille und Betroffenheit.

Bis Felix Schmadtke wieder Worte fand und fragte:

„Und Fritz, haben Sie Fritz wieder gesehen? Was war mit ihm."

Elke Franke hatte sich ebenfalls wieder etwas gefangen, aber man hörte ihrer Stimme eine gewisse Erregung an.

»Von Fritz habe ich nie mehr etwas gehört, bis heute nicht. Oder besser gesagt bis 1992 nicht. Im Dezember 1992 bekam ich dann endlich die von mir angeforderte und über mich angelegte Stasi-Akte. Darin habe ich dann 22 Jahre nach meiner gescheiterten Republikflucht die größte Enttäuschung meines Lebens zur Kenntnis nehmen müssen.

All die Jahre hatte ich gehofft, ich würde meinen Fritz, dem ich so sehr vertraut hatte, den ich so geliebt habe, einmal wieder sehen können. Wie sehr habe ich gehofft in meiner Stasi-Akte einen Hinweis über seinen Verbleib zu erhalten.

Stattdessen musste ich dort lesen, dass Fritz Winkler als Informeller Mitarbeiter also als IM Nikolai von der Stasi auf mich angesetzt wurde. Die Liebe zu mir, die vertraulichen Gespräche die wir bei Kessel Buntes geführt haben, die Liebkosungen, die gemeinsame Flucht. Alles Lug und Trug. Betrogen wurde ich. Von Fritz Winkler, von der Stasi, vom Sozialismus, von Mielke von Honecker, betrogen wurde ich von diesem ganzen Staat, der sich DDR nannte. Betrogen um meine Gefühle, betrogen um meine Kinder, für die ich nie ein Gefühl entwickeln durfte, betrogen um das Glück eine Mutter zu sein, betrogen um den Glauben an die Menschlichkeit, betrogen um meine Freiheit, betrogen um alles, was das Leben lebenswert macht. Betrogen, betrogen und nochmals betrogen.

Selbst um meine Rache an diesem Fritz Winkler haben sie mich betrogen. Seine Stasi-Akte, die gewiss irgendwo existiert, die zeigt man mir nicht. Das wäre nur seinen engsten Familienangehörigen oder ihm selbst vorbehalten. Also auch darum betrügt man mich. Und dieser Betrug meine Herren passiert nicht in der DDR. Dieser Betrug findet in der freiheitlichen und demokratischen Bundesrepublik statt. Ich kann ja verstehen, dass nicht jeder, jedermanns Akte einsehen darf, aber in meinem Fall empfinde ich das als ungerecht. In meinem Fall empfinde ich das als weiteren Betrug.

Aber sei es drum. Irgendwann Mitte der 1990er Jahre. Ich glaube, es war 1996, ich weiß es nicht mehr genau. Da haben damalige Freunde von mir, die unten in Waldmünchen wohnen eine Busreise nach Berlin gemacht und haben unter anderem die Gedenkstätte Hohenschönhausen besucht. Im Stadtteil Hohenschönhausen gibt es auch einen Friedhof und von dort brachten sie mir ein Bild mit. Irgendwann hatte ich den Freunden meine Geschichte erzählt und daran haben sie sich erinnert, als sie in Hohenschönhausen das Bild machten.

Warten sie ich hole es ihnen.«

Elke Franke ging in die Stube und kramte in einer uralten Keksdose. Als sie zurückkam, legte sie ein Farbfoto auf den Küchentisch, darauf war ein Grabstein zu sehen. Der sah 1996 schon recht verwittert aus. Zu erkennen war die Inschrift.

»Fritz Winkler *17.09.1943 †30.12.1970«

„Als ich das sah, fühlte ich mich irgendwie wieder betrogen. Lange habe ich das Gelesene nicht glauben wollen. Ein Gefühl wissen Sie. Aber dann habe ich das irgendwann alles überwunden. Warum? Auch das kann ich Ihnen nicht sagen. Vielleicht war es ein Zitat von Voltaire, der gesagt hat.

'Ich habe beschlossen glücklich zu sein, das ist förderlich für meine Gesundheit.'

Aber als dieser Moritz im Januar vor meiner Tür gestanden hat und nach der ZDF Sendung Aktenzeichen XY, seitdem ist alles wieder so präsent. Ich fühle ganz einfach wieder das Betrogen worden zu sein. Verstehen Sie das?"

„Ich glaube Sie verstehen zu können!"

„Aber das klingt für mich alles so unwirklich. Wissen Sie? Wenn Sie bei der Mordkommission arbeiten, da bekommen Sie schon einiges zu Gesicht.

Da lernen Sie in Abgründe zu schauen. Aber, das, was Sie mir hier erzählen, das hat eine andere Qualität. Ich glaube, aber wirklich Sie verstehen zu können.

Was hat man denn mit Ihnen gemacht, nachdem man sie in U-Haft genommen hatte?"

»Das will ich Ihnen erzählen Herr Schmadtke. Im Nachhinein war die U-Haft nicht das Schlimmste, was ich in DDR Gefängnissen erlebt habe. So hatte ich in der U-Haft in Hoheneck zum Beispiel eine Einzelzelle. Geradezu Luxus, verglichen mit dem, was ich später noch erleben sollte.

Unangenehmer war, dass ich zu jeder Tag- und Nachtzeit zu Verhören geholt wurde. Heute noch werde ich von Träumen mitunter aus dem Schlaf gerissen. Dann höre ich im Traum, wie der schwere Riegel an der Tür aufgerissen wird und dieses brutale stählerne Geräusch.

Das Licht war immer an, die ganze Nacht. Auch daran muss man sich gewöhnen.

Ein Mensch gewöhnt sich aber an vieles. Ich möchte nicht sagen an alles.

Dann haben sie mich zum Verhör geführt. Bald wusste ich was mich erwartet, wenn ich nur den Verhör führenden gesehen habe. Der eine war brutal, laut, erniedrigend, stets drohend.

Der andere war sanftmütiger, mitunter freundlich im Ton.

Der versuchte mir zu vermitteln auf meiner Seite zu stehen. Fragte ich nach Fritz, dann haben beide gesagt, dass das nichts zur Sache tun würde.

Republikflucht warfen sie mir vor. Das konnte ich nicht leugnen. Warum auch? Die hatten mich auf frischer Tat gefasst. Sollte ich sagen ich wäre nur in den Stollen gelaufen, um Fritz von dessen Flucht abzuhalten. Zudem habe ich ja später gelesen, dass mich das Schwein höchstpersönlich in die Falle gelockt hat. OK, das wusste ich zu dem Zeitpunkt in Hoheneck noch nicht.

Mein Schwangerschaftsbauch wurde immer dicker und man thematisierte nun meine Schwangerschaft.

Ich sei mir doch bewusst darüber, dass ich als Republikflüchtling keine Kinder des Sozialismus erziehen dürfe. Es würde sich auch bestimmt positiv auf mein Strafmaß auswirken, wenn ich einer Adoption freiwillig zustimmen würde.

Der Grobian wiederum erzählte mir, dass ich die Kinder so oder so weggenommen bekomme. Dann werden die eben Zwangs adoptiert. Aber ich soll bloß nicht glauben, dass ich in diesem Fall irgendwann gegen Devisen in den Westen freikommen würde.

Auch der Sanftmütige erklärte, dass ich nach einer freiwilligen Einwilligung zur Adoption ein geringeres Strafmaß erwarten dürfe und im Fall der Freiwilligkeit ein Austausch in den Westen durchaus denkbar wäre.

Ich mache es hier kurz. Irgendwann hatten sie mich so weit und ich habe dafür unterschrieben, dass ich einer Adoption der von mir noch ungeborenen Kindern zustimme.

Danach ging alles recht schnell. Bereits Mitte März war meine Verhandlung.

Sieben Jahre Frauenzuchthaus Hoheneck haben sie mir aufgebrummt wegen versuchter Republikflucht und Anstiftung zur Republikflucht.

Obwohl ich im achten Monat schwanger war mit einem Zwillingsbauch, der zu platzen drohte, hat man mich in eine der Strafzellen gesperrt. Mit Einzelhaft war das nun vorbei. In den Strafzellen hatten bis zu 24 Frauen Platz.

Platz heißt, dass in einer Zelle acht dreistöckige Etagenbetten standen. Ich als hochschwangere Frau, die Zwillinge austrug, bekam einen Schlafplatz in der obersten Etage zugewiesen.

Als die Versuche dort hinaufzukommen unter dem Gejohle der anderen Mitgefangenen scheiterte und ich anfing bitterlich zu weinen, hat sich eine ebenfalls politische erbarmt und mit mir ihre Pritsche in der untersten Etage getauscht.

Die hygienischen Verhältnisse waren schlichtweg unmenschlich. In der Mitte des Raumes lag der sogenannte Nasszellenbereich. Zwei offene Toiletten für vierundzwanzig Frauen und ein Waschtrog mit vier Hähnen.

Eingesperrt waren in so einer Zelle alle Altersstufen, alle Charakteren, introvertierte und extrovertierte, vulgäre und vornehme, etwa ein Drittel politische der Rest:

Diebinnen, Betrügerinnen, Todschlägerinnen, Mörderinnen, Kindsmörderinnen.

Die jüngste 21 Jahre jung, drei Jahre wegen versuchter Republikflucht. Die älteste 68 Jahre alt, lebenslänglich wegen Giftmorden aus Habgier an drei ihrer fünf Ehemänner.

Ich war endgültig in der Hölle gelandet. Siebenjahre haben sie mir gegeben. Sieben Jahre Höllenqualen. Sieben Jahre Morgenschiss unter 23 dich anglotzenden Augenpaaren. Sieben Jahre 24 unterschiedliche Arschgerüche. Sieben Jahre Kampf um einen Wasserhahn am Waschtrog, sieben Jahre Kampf um wenigstens ein kleines Stück Schmierseife um die Schamhaare unter Achsel und zwischen den Beinen waschen zu können. Sieben Jahre! Wer erträgt denn sieben Jahre in der Hölle? Der Teufel? Muss ich wirklich zum Teufel werden, um diese sieben Jahre zu überstehen?

Dann war der 07. April 1971. Ich wurde gebeten ein paar Sachen zusammenzupacken. Man würde mich nach Berlin bringen, damit ich die Zwillinge zur Welt bringen könne. Als möglicher Geburtstermin stand der 15. im Mutterpass. Sie haben mich in das Stasi-Gefangenen-Krankenhaus nach Berlin-Hohenschönhausen gebracht. Ich wurde in einem der dortigen 28 Krankenzellen untergebracht. Nach mehreren Wochen Hoheneck Frauenknast fühlte ich mich zurück im Paradies. Zwar war auch hier eine offene Toilette in der Zelle, aber mein eigener Schiss roch wie Chanel N°5. Als ab 15. noch immer keine Wehen einsetzten, kam ein Arzt und eine Hebamme. Der Arzt stellte sich mir vor als Dr. Kowalski.

Genau, Dr. Kowalski sagte der, jetzt fällt mir der Name wieder ein. Seit der ZDF Sendung grübele ich, wo ich diesen Namen schon einmal gehört habe. Dr. Kowalski so stellte der Arzt in Hohenschönhausen sich mir vor. Dann haben sie angefangen mir Wehen fördernde Mittel zu verabreichen.

Am 17. April war es dann so weit. Es war, glaube ich am Nachmittag. Zuerst kam der eine Zwilling, wenige Minuten danach der Zweite. Ich lag wie in einem hohen Zelt, das zur Decke hin offen war. Ich konnte nichts sehen außer den grünen Tüchern um mich herum. Auch bekam ich meine Babys, die ich seit neun Monaten in mir trug nicht zu sehen.

Geschweige denn für einen kurzen Moment auf die Brust gelegt.

Selbst schreien durfte ich sie nicht hören, sie wurden schnell in ein Nebenzimmer gebracht. Nur keine Sentimentalität aufkommen lassen.

Ich glaube eine Totgeburt wäre emotionaler gewesen und hätte stärkere Muttergefühle zugelassen, als das was sich da mit mir abgespielt hat.

Auch Dr. Kowalski und die Hebamme habe ich nicht wieder gesehen. Es kamen nach der Geburt andere Ärzte. Meine Frage nach den Babys beantwortete man damit, dass ich keine Babys hätte. Ich hätte meine Babys für den Sozialismus zur Welt gebracht und das wäre gut so. Ich hätte kein Recht auf diese Kinder.

Danach war ich dann noch fünf Tage in Hohenschönhausen. Man verabreichte mir Tabletten, damit keine Milch in meine Brustdrüsen einschoss.

Am 23. April haben sie mich dann zurück zu meiner Mädel Gruppe in Hoheneck gebracht. Sieben Jahre war ich dort. 2555 Tage. 2555 Tage öffentliches Notdurft verrichten. 2555 Tage Kampf um ein Stückchen Seife. 2555 Tage Kampf um einen Wasserhahn am Waschtrog. 2555 Tage zehn Stunden lang bunte Westartikel zusammenbauen, die man dann preiswert im Quelle Katalog bestellen konnte.

2555 Tage gefangen nur, weil ich frei sein wollte. 2555 Tage Hölle Frauenknast Hoheneck. Jeden einzelnen Tag musste ich verbüßen, keinen Tag haben sie mir geschenkt.

Entlassen wurde ich so, dass man mich von Hoheneck nach Berlin brachte. Das Haus dort war mit einem zwei Sterne Hotel vergleichbar. Es waren noch andere Menschen hier, nicht nur Frauen, auch Männern wurde die Gelegenheit gegeben sich zu pflegen.

Wir wurden mit sauberen Klamotten eingekleidet und bekamen dann den Marschbefehl uns darauf vorzubereiten am nächsten Morgen, mit dem Bus nach Westberlin gebracht zu werden. 2555 Tage haben sie mich schmoren lassen, um mich dann für Devisen an den Westen zu verkaufen.

Damit hatten sie die Kosten für die 2555 Tage dicke wieder raus und einen Gewinn obendrauf.

Am 3. Mai 1978 kam ich in das Aufnahmelager Friedland und ein paar Tage später kam ich hier nach Furth im Wald.

Ich bekam einen Job in der Johannesbad Fachklinik und habe dort gearbeitet bis ich vor acht Jahren in Rente gegangen bin. Zum ersten Mal in meinem Leben habe ich mich hier frei und als Mensch gefühlt. Hier konnte ich vergessen. Hier habe ich wieder Lebensmut gefunden. Hier bin ich zu Hause. Und ich hoffe, dass mich die Vergangenheit hier nicht wieder einfängt, sondern nur kurz erinnert. Erinnert daran, wie es in der Hölle aussieht und erinnert daran, dass ich seit 1978 das Paradies auf Erden genießen darf.«

„Frau Franke, ich danke ihnen dafür, dass Sie uns ihre Geschichte so offen erzählt haben. Ich hoffe Sie können sich nun sehr schnell wieder freimachen von dem, was Sie uns erzählt haben. Ich weiß nicht, inwieweit es uns hilft unseren Mordfall zu lösen, aber Sie haben mir persönlich sehr viel Anstoß zum Nachdenken gegeben. Dafür möchte ich mich recht herzlich bei Ihnen bedanken. Ich glaube für heute haben wir Sie genug belastet.

Erlauben Sie, dass ich Sie, sollte mir noch eine Frage einfallen, noch einmal anrufen darf."

„Ja Herr Schmadtke, das dürfen Sie tun. Und machen Sie sich keine Gedanken. Ich glaube, es hat auch mir gutgetan, dass ich mir nach so langer Zeit die Seele freigesprochen habe."

Felix Schmadtke und Florian Heinen haben sich danach von Frau Franke verabschiedet und haben sehr in sich gekehrt den Abend und die Nacht im Gasthof-Fellner verbracht. Bevor sie am nächsten Tag die Rückreise nach Mainz antraten.

Felix und Flo waren bereits hinter Amberg als Florian Heinen das Schweigen in Schmadtkes BMW brach.

„Sag einmal Felix, hast du eigentlich eine Erinnerung an die DDR? Als ich im November 1991 geboren wurde, da war Deutschland bereits seit einem Jahr wieder vereint und die Öffnung der Mauer war sogar schon seit zwei Jahren Geschichte, zum Zeitpunkt meiner Geburt."

„Na ja, mehr so eine kindliche Erinnerung. Meine Wahrnehmung für politische Themen setzte vielleicht ein, als ich 10 Jahre alt war. Das war dann 1984. Mein Vater war bei der Polizeigewerkschaft und stand damals der SPD nahe. Mitte der 1980er Jahre hat er mich Sonntags des Öfteren zum Frühschoppen in unser Vereinsheim mitgenommen. Dort kann ich mich an Wortfetzen aus den Diskussionen der Stammtischbrüder erinnern."

„Was haben die so erzählt Mitte der 1980er Jahre? Als ich Anfang 2000 zehn Jahre alt war, da haben meine Eltern über die EURO Einführung diskutiert. Auch hatten sie Angst um ihre Arbeitsplätze, weil vieles aus den etablierten Firmen ausgelagert wurde. Die Angst vor den Asiaten war ein Thema. Und vor allem der um sich greifende Islamismus, speziell nach den Attentaten auf die Towers des World Trade Centers in New York 2001."

„Die Stammtischbrüder Mitte der 80er, die sprachen darüber, dass man die DDR als Staat anerkennen solle. Das würde den Menschen drüben vielleicht helfen etwas mehr Reisefreiheit zu bekommen. An eine Wiedervereinigung der beiden Deutschen Staaten hat an den Stammtischen eigentlich keiner geglaubt. Die waren auch der Meinung, dass es denen da Drüben gar nicht so schlecht ginge. Das Schulwesen und die medizinische Versorgung meinten sie, wäre vielleicht sogar besser als bei uns im Westen. Die Gleichberechtigung zwischen Mann und Frau war weiter fortgeschritten verglichen mit dem Westen und die Betreuung von Kleinkindern im Kindergarten sowieso."

„Und die Sachen, die uns Elke Franke erzählt hat? War das auch ein Thema?"

„Nein, eigentlich nicht.

Aber obwohl einige Stammtischkumpel meinten, drüben wäre manches sogar besser als bei uns im Westen, rübergegangen ist von denen auch keiner.

Und wie gesagt an Wiedervereinigung hat keiner geglaubt."

„Davon wussten wahrscheinlich nur die Top-Politiker und die Geheimdienste?"

„Flo, das glaube ich nicht. Ich bin fest davon überzeugt, dass selbst Helmut Kohl am 9. November 1989 von der Öffnung der Mauer kalt erwischt wurde. Das hat bis zum Abend des 9.11.1989 damals keiner für möglich gehalten. Ich erinnere mich noch, als mein Alter abends vor dem Fernseher die Sondersendung im Fernsehen verfolgt hat. Mein Vater war damals bereits über 30 Jahre im Polizeidienst. Der hatte zu dem Zeitpunkt schon alles gesehen. Und mein Vater war in der Szene als harter Hund bekannt. Der hat da im Wohnzimmer gesessen, gebannt auf den Fernseher geschaut und es sind ihm Tränen über die Wangen gelaufen. Der hat da gesessen, hat die Menschen auf der Mauer am Brandenburger Tor tanzen gesehen und hat geweint. Das kannst du dir nicht vorstellen!

Gut, als sie dann den Solidaritätszuschlag auf die Einkommensteuer erhoben haben, da hat mein Alter wieder geweint. So wie die ganz große Emotion der Wiedervereinigung recht schnell den real daraus entstandenen Problemen gewichen ist."

„Oh schau, da unten ist Würzburg, noch etwas mehr als eine Stunde dann sehen wir den Määnzer Dom wieder, wird jetzt aber auch Zeit."

Montags nach dem Besuch in Bayern traf sich die SoKo 'Toter; Pariser Straße' turnusgemäß zum Statusmeeting in Mainz.

Felix berichtete von den Gesprächen mit Frau Elke Franke und stellte klar, dass nach den Erzählungen von Frau Franke nachzuvollziehen wäre, dass sie Name und Adresse ihres möglichen Sohnes nicht kennt.

Wie gesagt, selbst die Frage, ob es sich bei dem Mann, der am 6. Januar bei Frau Franke klingelte, um einen der Franke Zwillinge handelt, selbst diese Frage ist nicht zu einhundert Prozent zu bejahen.

Demzufolge war auch nicht eindeutig ob Dr. Kowalski von einem Franke Zwilling erstochen wurde.

Verbindungen zu dem Friedberger Kiosk Mord gab es schon überhaupt nicht.

Max Schmeller jedenfalls, war zwischenzeitlich vom Mord an dem Kioskbesitzer freigesprochen worden. Damit war auch der Mordfall 'Kiosk Friedberg' für Willi Steeger in Frankfurt wieder ein ungeklärter Fall.

„Was hat die Fahrt nach Bayern und das ganze Gedöns mit Aktenzeichen XY dann überhaupt gebracht? Wir haben nicht einen, sondern nun wieder zwei ungeklärte Mordfälle. Wir haben zwei Leichen aber null Täter. Ansonsten nur dichter Nebel."

„Heute bist du aber wirklich nur negativ drauf", sagte Felix zu Willi.

„Ich sehe, da schon einige Ansätze, die wir verfolgen könnten."

„Und welche sind das Mister Sherlock Holmes?"

„Ich fange einmal mit Frau Elke Franke an:

Fakt ist, dass sie 1971 ein Zwillingspaar zur Welt brachte.

Fakt ist auch, dass ihr die beiden Kinder sofort weggenommen und zur Adoption gegeben wurden.

Dr. Kowalski das Mordopfer aus Mainz war mit hoher Wahrscheinlichkeit einer der Geburtshelfer der Franke Zwillinge. Zumindest hat sich Elke Franke an den Namen erinnert.

Ob die Täter DNA aus Mainz und Friedberg zu den Franke Zwillingen passt, das könnten wir mit genetischen Analysen feststellen lassen."

„Sorry, wenn ich dazwischen quatsche, was für eine genetische Analyse?"

„Indem wir DNA von Elke Franke einem Mutterschaftstest unterziehen.

Ich würde es schon interessant finden zu wissen, ob einer oder die Täter aus Mainz und Friedberg wirklich die Zwillinge von Frau Franke sind.

Zudem müssen wir herausfinden, was der Kowalski zu seiner DDR Zeit gemacht hat. Welche Verbindungen zwischen der Gynäkologie an der Charité und dem Stasi-Gefängnis-Krankenhaus in Hohenschönhausen bestanden.

Wir sollten versuchen an die Stasi-Akte von Kowalski zu kommen, die existiert bestimmt.

Darüber hinaus brauchen wir Zugriff auf die Stasi-Akten von Fritz Winkler, dem Vater der Franke-Zwillinge und die Stasi-Akte von Bernd Meier dem Toten Kioskbesitzer.

Irgendwo muss es da Verbindungen geben. Denn bei allen offenen Fragen ist doch eines offensichtlich. Alle, die wir in dem Fall bis jetzt auf dem Zettel stehen haben, alle haben eine Vergangenheit im Osten der Republik."

„Gut Felix, ich sehe ein, da gibt es einiges zu tun", bemerkte Willi Steeger.

Und weiter fragte er: „Was ist denn eigentlich mit diesem Max Schmeller, weiß der denn mittlerweile davon, dass er einen möglichen Zwillingsbruder hat. Oder weiß der wenigstens, dass er von den Schmellers adoptiert wurde?"

„Nein ich glaube nicht. Ihm das mitzuteilen, das wollte man Helene Schmeller überlassen."

„Die hockt seit 20 Jahren in der Klapsmühle. Wollen wir noch mal 20 Jahre warten, bis sich die Dame psychisch stark genug fühlt, um ihrem fast 50-jährigen Sohn zu sagen, dass er adoptiert wurde", regte sich Willi Steeger sichtlich genervt auf.

„OK Willi, ich versuche über den Rudi an den Dr. von Hohenstein zu appellieren, dass die mit sanftem Druck Frau Schmeller in die richtige Richtung dirigieren."

„Sanfter Druck, was ein Scheiß. Anderswo würden die Waterboarding mit der Tante machen."

„Du glaubst gar nicht, wie froh ich bin, nicht anderswo leben zu müssen. Jetzt krieg dich bitte wieder ein Willi."

„Ja Felix, entschuldige. Ist alles zu viel eben. Der Job frisst mich auf. Du glaubst gar nicht, was in

Frankfurt los ist. Und keine Leute, verstehst du, keine Leute."

„OK Willi, die action items aus der Sitzung übernehme ich mit Flo. Und den von Hohenstein wegen Helene Schmeller, das mach ich auch. Keine Panik."

Felix bat Sybille folgende Punkte in das Protokoll aufzunehmen:

1. DNA-Probe von Elke Franke nehmen lassen.

2. Stasi-Akten für Dr. Edwin Kowalski, Fritz Winkler und Bernd Meier beantragen.

3. Biografie von Kowalski eruieren.

4. Rudi Kraft informell kontaktieren (Stichwort: v. Hohenstein/Helene Schmeller)

„Ich glaube das genügt für die nächsten Tage. Unser nächstes Statusmeeting lass uns in vier Wochen machen. In einer Woche bekommen wir die Dinge nicht abgearbeitet und zudem ist Willi und Tok Ömür damit etwas entlastet. Ist das OK für euch Willi?"

„Ja das ist super Felix, Danke dir."

„Ist schon gut Willi. Kein Problem. Die Sitzung ist damit geschlossen.

Sybille hat ihr action item aus der letzten Sitzung übrigens abgearbeitet.

Tisch in der Eisgrub ist auf meinen Namen bestellt. Willi ich hoffe euer Fahrdienst, ist in Bereitschaft."

In den nächsten Tagen lag die Hauptlast der Arbeit bei Sybille.

Anträge stellen hieß es nun. Die Kollegen in Bayern um Amtshilfe bitten wegen der DNA-Probe von Elke Franke. Und bezüglich der Biografie von Dr. Kowalski, da wusste, Sybille überhaupt nicht wo sie ansetzen sollte. Immerhin war der Gynäkologe bereits 88 Jahre alt. In Mainz wohnte er seit 1991, das war mittlerweile auch schon fast 30 Jahre her.

Irgendwann fand sie die Telefonnummer vom Geschäftsbereich Personal der Berliner Charité.

„Berliner Charité Geschäftsbereich Personal, was kann ich für Sie tun?"

„Sybille Meierhöfer von der Mordkommission in Mainz."

...

„Meierhöfer von der MoKo Mainz, sind Sie noch in der Leitung?"

„Ja, entschuldigen Sie bitte. Möchten Sie mit der Pathologie verbunden werden."

„Nein, nein, pathologisch sind wir mit dem Patienten durch. Ich suche nach der Personalakte von einem gewissen Dr. Edwin Kowalski, der war bei Ihnen in der Gynäkologie als Oberarzt beschäftigt."

„Auch wenn Sie mir sagen, dass Sie von der Mordkommission sind, am Telefon darf ich Ihnen darüber keine Auskunft geben, wann soll der denn hier gearbeitet haben?"

„In der Zeit von 1959 bis zur Wende, vielleicht ein oder zwei Jahre länger. In der Mainzer Uni-Klinik hat er 1991 begonnen zu arbeiten."

„Liebe Frau, dann ist der ja schon fast 30 Jahre weg aus Berlin. Also selbst, wenn der an uns Pensionsansprüche hätte, dann wäre die Aufbewahrungsfrist abgelaufen."

„Gibt es in Ihrem Haus so etwas wie eine zentrale Registratur in der irgendwann alle Akten landen, archiviert und nach Fristen entsorgt werden? Gibt es vielleicht sogar historische Register?"

„Das gibt es in der Tat. Auch Krankenakten finden dort Zugang um vertraulich und den Fristen gerecht aufbewahrt zu werden. Aber noch einmal am Telefon darf ich Ihnen keine Auskunft geben."

„Bitte rufen Sie mich zurück. Sie finden die Telefonnummer im Internet unter Mordkommission in Mainz. Dort können Sie nach Sybille Meierhöfer fragen, dann wird man Sie verbinden. Bitte tun Sie das, das ist sehr wichtig für uns. Danke!"

Mehr als eine Stunde wartete Sybille nun schon vergeblich auf einen Rückruf aus Berlin. Dann klingelte ihr Telefon.

„Billi, da will dich jemand aus dem Geschäftsbereich Personal der Berliner Charité sprechen. Darf ich durchstellen."

„Ja danke, ich warte schon eine geschlagene Stunde auf diesen Anruf."

„Meierhöfer MoKo Mainz."

„Hallo Frau Meierhöfer, ich bin es Frau Kaiser von der PA Charité in Berlin. Also ich habe zwischenzeitlich mit der Registratur und dem Datenschutz gesprochen. In der Registratur gibt es keine geordnete Ablage, wenn es mehr als 30 Jahre zurückgeht. Und der Datenschutz sagte mir, dass wir keine Info herausgeben, auch nicht ohne Weiteres an die Polizei, selbst wenn wir die Unterlagen noch hätten. Tut mir leid."

„Nichts für ungut. Trotzdem vielen Dank für Ihren Rückruf."

War da noch der Punkt:

»Rudi Kraft informell kontaktieren (Stichwort: v. Hohenstein/Helene Schmeller)«

Felix hatte sich mit Rudi in der Augustinerstraße bei 'Best Worscht in Town' verabredet.

„Hallo Rudi altes Haus kann das sein, dass du da vorne direkt vor dem Kiosk die Orange Corvette abgestellt hast?"

„Ja, von hier habe ich die gut im Blick. Wie kommst du denn im Mordfall Pariser Straße voran?"

„Um ehrlich zu sein gar nicht. Nachdem der von Hohenstein für den Schmeller auch noch den Freispruch rausgeholt hat, haben wir in der SoKo sogar wieder zwei offene Mordfälle. Den in Mainz an dem Gynäkologen und den in Friedberg an dem Kioskbesitzer.

Und mit dem Schmeller reden wir ja zurzeit nicht, wegen des Gentleman Agreements mit dem von Hohenstein, dass wir Frau Schmeller den Vortritt lassen wollen, damit sie ihrem Sohn die Wahrheit seiner Adoption selbst mitteilt. Nur müssten wir jetzt langsam einmal mit dem Schmeller reden. Wenn der wüsste, dass er einen Zwillingsbruder hat, dann würde vielleicht neuer Schwung in die Sache kommen. Ganz abgesehen davon, dass der Zwillingsbruder immer noch frei rumläuft, höchstwahrscheinlich einen Menschen umgebracht hat und wir wissen nicht was der noch im Schilde führt."

„Und was soll ich dabei jetzt tun?"

„Du bist doch der Matula von Dr. Hubert von Hohenstein. Rudi, kannst du nicht ein wenig Einfluss auf deinen Auftraggeber ausüben, dass die Helene Schmeller jetzt endlich in der Sache mit ihrem Max reinen Tisch macht."

„Ja, ich kann den Hubert natürlich einmal ansprechen. Aber ich selbst habe wahrscheinlich einen besseren Draht zu Helene Schmeller. Ich kann sie auch direkt ansprechen."

„Würdest du das tun?"

„Ja, aber exklusiv für dich mein Freund. Der Polizei kann ich ja keine Dienste in Rechnung stellen."

„Wenn du von Diensten sprichst, da gibt es noch etwas. Wir bräuchten mehr Informationen aus der Biografie von unsrem Mordopfer dem Gynäkologen.

Und zwar aus seiner DDR Zeit als er bei der Charité tätig war. Ganz umsonst wurde der nicht abgestochen. Irgend einen dunklen Fleck muss es auf seinem weißen Kittel auch geben?"

„Dann ruf doch bei der Charité an, die müssen doch ein Archiv haben so groß wie Mainz-Finten?"

„Haben wir ja gemacht, die geben aber keine Auskünfte. Außerdem würde das Archiv nicht so weit zurückreichen haben die gesagt. Der Typ, der sich in Bayern der Elke Franke als ihr Sohn ausgab, der hat jedoch geäußert Unterlagen zu haben. Also muss da irgendetwas sein."

„Und das soll ich jetzt auch dem Hubert erzählen? Und was soll der machen?"

„Rudi, quatsch, dabei kann der Dr. von Hohenstein auch nicht helfen. Und wie du richtig gesagt hast, einen Auftrag kann ich dir auch nicht erteilen. Aber als Freund und an dem Fall interessierter Kriminologe, könntest du vielleicht helfen? Ganz verrückte Idee Rudi, aber ich habe auf der Website der Charité gesehen, dass die eine Aushilfe in der Registratur suchen."

„Und da willst du dich bewerben", lachte Rudi.

„Nein nicht ich. Ich habe daran gedacht, dass du vielleicht …" Rudi blieb sein Lachen im Hals stecken. Dann sagte er.

„Weißt du was, bei der Gelegenheit könnte ich der Helene Schmeller einen Besuch abstatten und in Ludwigsfelde an der A10 habe ich auch noch einen Date offen! Kann man sich bei der Charité online bewerben?"

„Das würdest du wirklich machen Rudi? Und was hast du in Ludwigsfelde?"

„Ganz heiße Kiste mein lieber Felix … He, hallo schöne Frau, das ist meiner, ich habe die Corvette nur ganz kurz …, Felix ich melde mich die Tage! … Hallo, schöne Frau, da warten Sie doch einen Moment …da bleiben Sie doch stehen … Scheiße, das macht ihr hier in Mainz doch nur, weil ich ein Wiesbadener Nummernschild habe."

Auf Rudis Online Bewerbung meldete sich telefonisch, bereits einen Tag später, eine Recruitment Firma um ein Interview zu führen.

Schon am Telefon machte man ihm eine Zusage.

Die brauchten wohl wirklich dringend jemanden, um ein paar Wochen zu überbrücken. Zudem war Urlaubszeit. Bedingung war es, sofort die Arbeit aufnehmen zu können. Montag war der 15. Juli.

Rudi sollte sich um 8:00 Uhr im Personalreferat 8 melden.

Es war am Freitagnachmittag als Rudi den Felix Schmadtke darüber informierte, dass er am Montag in der zentral Registratur in der Charité als Aushilfe beginnen würde.

Da Rudi noch ein paar Instruktionen von Felix erwartete, fuhr er rüber nach Laubenheim, wo er Felix in seiner Wohnung antraf.

„Montag fang ich an Felix."

„Wie? Was? Montag fängst du an?"

„In der Charité, haben wir doch drüber gesprochen in der Augustinerstraße."

‚Du machst das wirklich?'

„Sollte ich nicht, war doch alles klar. Oder?"

„Alles klar? Als du die Politesse gesehen hast, da warst du ja nicht mehr zu halten. Ich hatte ja keine Chance mehr mit dir weiterzusprechen. Hast du sie wenigstens noch erreicht?"

„Ja!"

„Und hat sie den Knollen zurückgenommen?"

„Nee, das nicht, aber wir haben uns nach Dienstschluss am Kasteller Strand getroffen.

Das war das Knöllchen wert. Heiße Politessen habt ihr hier in Mainz."

„Rudi, aber die Sache mit Berlin. Du bist dir im Klaren, dass das kein Auftrag sein kann. Das geht voll auf deine Kappe. Dafür kannste keine Rechnung schreiben."

„Mach dir keinen Kopp. Das ist OK. Wenn du mich in der Sache Franke Zwillinge auf dem Laufenden hältst, sind wir quitt"

„Rudi, du weißt, auch das geht nicht offiziell."

„Offiziell ist langweilig. Hast du schon Dienstschluss."

„Ja warum fragst du?"

„Wollte nur sicher sein, dass du nicht mehr offiziell bist", lachte Rudi. „Nach was soll ich in der Registratur in Berlin suchen?"

„Das weiß ich selbst noch nicht. Irgendwas muss der Dr. Kowalski aber in der DDR außer seiner Arbeit als Arzt getan haben. Stasi IM vielleicht. Zumindest scheint er einmal im Knast-Krankenhaus in Hohenschönhausen gearbeitet haben. War der dort öfter zu Gange? Ich weiß auch nicht? Sachen über Dr. Edwin Kowalski eben. Kannst du etwas für dich behalten?"

„Du kennst mich doch."

„Deshalb frage ich ja, weil ich dich kenne. Ich habe in Bayern in der Bildzeitung auch gelesen, dass eine Spur im Mainzer Mord nach Bayern führt."

„Aber keine Details, oder? Komm sag schon, wir arbeiten doch jetzt zusammen."

„Dr. Alex Specht hat mir heute Vormittag die DNA Analyseberichte von Elke Franke und der Zwilling DNA geschickt."

„Und?"

„Elke Franke ist zu 100 % die leibliche Mutter des Menschen, dessen DNA wir in Friedberg und in Mainz gefunden haben. Umso wichtiger wäre es jetzt, dass Helene Schmeller mit ihrem Sohn redet. Wenn wir Frau Franke über das Ergebnis informieren ist es durchaus möglich, dass sie versucht zu Max Schmeller Kontakt aufzunehmen."

„Gut, dann fahre ich morgen am Samstag nach Berlin. Am Sonntag besuche ich Helene Schmeller und am Montag trete ich meine Arbeit an. Ich hoffe, dass ich nicht allzu lange im Archiv Keller der Charité dem Tageslicht entzogen bin. Ich rufe dich an, wenn ich etwas herausbekomme und sage dir auch, wie Helene Schmeller reagiert hat."

Am Samstagvormittag hat Rudi die C3 noch einmal durch die Waschstraße gefahren, vollgetankt und ist dann wieder Richtung Nordost gedüst. Am späten Samstag-Nachmittag hat er die Corvette tatsächlich auf den Rastplatz Ludwigsfelde an der A10 gelenkt.

Er buchte eine Übernachtung am Check-In und setzte sich auf eine Bank auf der Rastanlage.

Rudi fragte sich selbst, wie man so bekloppt sein kann?

Aber nun hatte er eingecheckt. Die Übernachtung rückgängig machen würde nur zusätzlich Geld kosten.

„He Trucker, ja du, sprichst du deutsch."

„Ich bin ein Junge von Sankt Pauli. Früher war ich auf allen Weltmeeren zu Hause! Jetzt hocke ich aber schon fünfzehn Jahre auf dem Bock. Und du? Bist du neu hier, dich hab ich hier noch nie gesehen?"

„War erst einmal hier in der Ecke! Bin auf der Durchreise. Ich habe in Berlin geschäftlich zu tun."

„Und da setzt du dich hier auf den Parkplatz und genießt die Parkplatz-Romantik an der Autobahn? Wie bekloppt bist du denn?"

„Sag einmal. Weißt du, wo die Blanke Zola ist?"

„Daher weht also der Wind!

Na ja, wer den Parkplatz hier schön findet. Die Geschmäcker sind eben verschieden. Aber, wenn du auf die Blanke Zola stehst? Dann musst du heute noch ein Stück fahren. Die hat einmal wieder einen Stellungswechsel vollzogen. Die beglückt nun die Jungs auf dem Autohof Rostock Stettin an der A20"

„OK, war auch nur so eine Frage."

„Hier läuft jetzt die 'Schoko Ferrero' herum. So ne kleine mollige! Mutter Schwedin, Vater Afrikaner!

Aber ich kann dir sagen, dass die afrikanischen Gene ganz schön Kraft haben.

Schau da hinten der rosa verpackte Schoko-Kuss, das ist sie."

„Na ja, war schon ein langer Tag heute. Ich gehe ins Bett, muss morgen früh raus."

Rudi verzichtete auch auf ein Frühstück und fuhr nach dem Aufstehen direkt zu der Pflegeklinik am Wannsee. Helene Schmeller, die über das Kommen von Rudi informiert war, wartete am Haupteingang.

„Hallo Rudi, schön Sie wiederzusehen. Ich glaubte nicht, dass wir uns so schnell wieder treffen würden."

„Guten Morgen Helene, darf ich Ihnen sagen, dass Sie sehr attraktiv aussehen?"

„Sie sind ein Schmeichler. Rudi ich bin eine alte Frau."

„Nein Helene, Sie sind eine äußerst attraktive Frau. Glauben Sie mir. Ich weiß von was ich rede."

„So so, Sie sind also ein Spezialist sozusagen. Jetzt hören Sie aber auf. Leisten Sie mir Gesellschaft beim Frühstück? Ich habe mir gewünscht auf der Dachterrasse frühstücken zu dürfen, es ist ein so herrlicher Tag heute, Rudi."

„Ja gerne, ich habe heute Morgen auch noch kein Frühstück gehabt."

„Das finde ich gut Rudi, ich lasse gerne auch für Sie eindecken."

Helene und Rudi saßen auf der Dachterrasse der Klinik und genossen diesen wunderschönen Morgen und diesen atemberaubenden Blick über den in der Morgensonne glitzernden Wannsee.

„Helene, ich weiß gar nicht wie ich beginnen soll. Aber es hat sich in den letzten Wochen nun doch einiges getan.

Zwar ist man nicht wesentlich weiter gekommen was die Aufklärung der beiden Morde in Friedberg und Mainz betrifft, aber man hat die Mutter der Zwillinge in Bayern ausfindig machen können.

Ein Mutterschaftstest anhand der DNA-Spuren aus Friedberg und Mainz sind ganz eindeutig einer Frau aus Furth im Wald in Bayern zuzuordnen. Die hat auch zu Protokoll gegeben, dass sie im April 1971 im Gefängniskrankenhaus der Stasi in Hohenschönhausen Zwillinge zur Welt gebracht hat. Zu dem Zeitpunkt war sie bereits wegen versuchter Republikflucht zu sieben Jahren Gefängnis verurteilt und saß im Frauengefängnis in Hoheneck ein."

„Und warum erzählen Sie mir das alles Rudi?"

„Ich habe Hinweise von der Polizei, dass man nun die Frau in Bayern über das Ergebnis der DNA-Proben informieren müsse.

Danach ist es denkbar, dass Elke Franke, so heißt die Frau, Kontakt zu Max herstellen könnte. Man könne nicht länger Rücksicht darauf nehmen, dass Sie Max exklusiv über sein Schicksal informieren möchten."

„Dass man so rücksichtsvoll ist, obwohl es sich hier um die Aufklärung eines Mordfalles handelt, das hätte ich nicht erwartet.

Aber nachdem Max freigesprochen wurde, habe ich schon mehrere Telefonate mit ihm geführt. Wir haben uns zwar noch nicht so richtig ausgesprochen, aber so wie die Gespräche gelaufen sind, scheint Max ohnehin etwas zu ahnen oder sogar zu wissen.

Woher? Das kann ich Ihnen jedoch nicht sagen. Wir wollen uns nun im Laufe der nächsten Wochen hier in Berlin treffen. Er hat mir auch angekündigt, dass er mir zu diesem Anlass etwas übergeben möchte, etwas was auch für mich interessant und neu sein könnte."

„Hat er gesagt, was das ist?"

„Nein, er sagte mir nur, dass er mir diese Sache persönlich übergeben möchte. Ich habe auch nicht nachgebohrt. Wir hatten einfach sehr angenehme Telefongespräche, die wollte ich nicht mit blöden Fragen gefährden. Verstehen Sie Rudi?"

„Das verstehe ich Helene. Würden Sie mich informieren, wenn Sie mit Max darüber gesprochen haben?"

„Klar Rudi! Immerhin waren sie derjenige, der mich aus meinem Schweigen herausgeholt hat. Darüber bin ich ihnen auf der einen Seite sehr dankbar."

„Und auf der anderen Seite nicht?"

„Na ja, wissen Sie Rudi, ich lebe nun schon fast 25 Jahre hier in dieser Klinik. Das ist so etwas wie meine Heimat geworden. Aber jetzt, da ich wieder spreche und aus meiner eigenen Gefangenschaft nun ausgebrochen bin, jetzt sieht man in mir wieder eine ganz normale Frau. Was ja gut ist! Aber trotzdem muss ich nun auch hier bald mit meiner Entlassung rechnen. Was für viele eine Entlassung aus der Klapsmühle ist, das ist für mich eine Vertreibung aus der Heimat.

Rudi, ich habe einfach Angst davor wieder auf völlig eigenen Füssen stehen zu müssen."

„Oh ja, das kann ich glaube ich nachvollziehen. Haben sie schon Perspektiven?"

„Auch darüber will Max mit mir sprechen. Wir haben über einen Umzug nach Frankfurt nachgedacht. Max würde das gefallen. Zumindest sagte er das am Telefon.

Ich bin einmal gespannt, wie das klingt, wenn er mir das hier in Berlin so Angesicht zu Angesicht erzählt?"

„Frankfurt würde ihnen bestimmt gefallen Helene.

Ich habe nun ein paar Wochen in Berlin zu tun. Meine Handy-Nummer haben sie ja. Wenn irgendetwas ist, dann rufen sie mich an. Mich interessiert nun auch, was ihnen Max bei seinem Besuch übergeben wird.

Sagen sie Helene, kennen Sie den Namen Fritz Winkler?"

„Hab ich noch nie gehört diesen Namen. Wer soll, dass sein?"

„Angeblich der Vater der Zwillinge, soll in Hohenschönhausen auf dem Friedhof liegen. Aber seit 1971 schon."

Rudi verabschiedete sich von Helene Schmeller und bedankte sich für das vorzügliche Frühstück auf der Klinikterrasse. Wenn Max in Berlin gewesen ist und Helene Schmeller besucht hat, dann wollte sie sich wieder bei Rudi melden.

Bevor Rudi über den Parkplatz zu seiner Corvette ging, fragte Helene noch einmal:

„Und Sie glauben wirklich, dass ich mich in Frankfurt wohlfühlen würde?"

„Ganz bestimmt", sagte Rudi.

Danach fuhr er nach Berlin-Wedding, wo er für die nächsten drei Wochen ein kleines Appartement gemietet hatte. Den Schlüssel musste er sich bei einem Döner-Laden in der Barfussstraße abholen. Im vierten Stock eines Wohnblockes befand sich das Appartement. Die Gerüche im Flur ließen eher vermuten, dass er sich irgendwo in Istanbul eingemietet hätte. Das Appartement war jedoch sehr sauber und 100 % in Ordnung. Nur um die Corvette machte er sich etwas Gedanken.

Als er am Abend noch einmal nach unten ging, standen einige junge und ältere Nachbarn um die Orange C3. Einer der älteren trat auf Rudi zu und fragte durch einen beachtlich dicken und schwarzen Schnurrbart.

„Sind Sie neu hier in Wedding?"

„Ja! Mein Name ist Rudi. Ich habe dort oben für ein paar Wochen ein Appartement gemietet."

„Das gehört meinem Cousin Ünal, dem gehört auch der Döner-Laden an der Ecke.

Gefällt es Ihnen hier? Übrigens, ich heiße Mesut."

„Ich bin ja erst wenige Stunden hier, das kann ich noch nicht sagen. Um meine Corvette mache ich mir etwas Gedanken."

„Das müssen Sie nicht. Ich verbürge mich dafür, Sie müssen wissen in der Barfussstraße da bin ich so etwas wie der Bürgermeister. Sollte nur ein kleiner Kratzer an Ihrem Auto sein, dann kommen Sie zu Mesut, dann klären wir das."

„Gut zu wissen Mesut. Das beruhigt mich ungemein, darf ich Sie beim Döner-Laden auf ein Bier einladen."

„Nein Danke, kein Bier bitte. Aber auf einen türkischen Tee, da würde ich nicht nein sagen."

Rudi ging mit Mesut zu dem Döner Kiosk und die Männer setzten sich in die Abendsonne. Es gab wirklich keinen, der hier vorbeikam, und gegenüber Mesut nicht eine Ehrerweisung gezeigt hätte. Glück gehabt dachte Rudi, mit dem Mesut muss ich mich gut stellen, dann bin ich hier so sicher wie ein Goldbarren in Fort Knox.

Am Montagmorgen ließ Rudi seine Corvette in der Obhut von Mesut und ging die 20 Fußminuten zur Charité per pedes. Es war kurz vor acht als Rudi vor der Tür mit dem Schild Personalreferat 8 stand. Er klopfte. Als er jedoch keine Antwort bekam, öffnete er die Tür und streckte seinen Kopf durch den geöffneten Spalt.

„Wat soll det denn. Können Se nich lesen. Ab acht. Steht doch groß angeschrieben. Blindenhund hamse doch nich dabei, wa?"

„Entschuldigen Sie, aber es ist doch acht."

Der Herr in den grauen Hosen, dem weißen Hemd und dem gelben Pullunder drehte die Digitalanzeige seiner Schreibtischuhr in Richtung Rudi.

„Siebenachtundfufzig, siebenachtundfufzig, det is nich acht, siebenachtundfufzig isses. Warten Sie draußen bis man sie aufruft."

Punkt acht kam der Typ mit dem gelben Pullunder aus der Tür. Rudi wollte schon aufspringen, konnte sich aber im letzten Moment beherrschen. Der Typ ging mit seiner Tasse, die bestimmt noch nie Wasser gesehen hatte, jedenfalls nicht so lange diese hier im Büro lebte, schnurstracks zur Kaffeeküche auf dem gleichen Flur. Man hörte, dass er sich offensichtlich den Pott nochmals mit Kaffee füllte. Danach lief er zurück zu seinem Büro, ohne, dass er Rudi eines Blickes gewürdigt hätte. Rudi konnte aber lesen was auf der Tasse aufgedruckt stand. 'But first …Coffee'.

OK, dachte Rudi.

Es war 17 nach, als eine junge Dame aus der Tür schaute und fragte:

„Ist Herr Rudolf Kraft hier?" „Ja hier!" „Kommen Sie bitte, Herr Schwiertz wartet schon."

Herr Schwiertz war übrigens der Herr im gelben Pullunder. Er machte nun Rudis Papiere fertig, genauer gesagt gab er alle relevanten Personen bezogenen Daten von Rudi in einen PC ein. Es war dann so gegen zehn, als Rudi von der jungen Dame zu seinem neuen Arbeitsplatz begleitet wurde.

Wie erwartet war dieser Arbeitsplatz im Kellergeschoss. Hinter einer braunen Eichentür mit dem Hinweis 'Zentral Registratur', saß ein korpulenter Mann.

„Guten Morgen, ich bin der Karl Kacsmarek und Sie, wie heißen Sie?"

„Rudolf Kraft ist mein Name."

„Ham Se schon ma in ner Registratur jearbeitet?"

„Nein in so einer großen Registratur noch nicht."

„Det is jut, dann sind Se och noch nich versaut, ick zeig ihnen wat zu machen is.

Det Erste hier im Keller is die Ansprache: Ick bin der Kalli."

„Super! Ich bin der Rudi. Auf gute Zusammenarbeit."

Der Karl Kacsmarek stellte sich sehr schnell als richtiger Kumpel heraus. Der war echt in Ordnung und Rudi und Kalli fanden schnell einen Draht zueinander, der die beiden auch immer öfter über privates sprechen ließ. Karl Kascmarek arbeitete schon seit fast 40 Jahren hier unten im Keller und kannte jede Ecke in dieser fast unendlich großen Registratur. Rudis Arbeit bestand jedoch nicht darin, in Akten zu studieren. Nein, sein Job war es, Akten, deren Aufbewahrungsfrist abgelaufen war, in einen Container zu legen. Diesen zu verschließen und zu verplomben bevor ein Typ von der Aktenvernichtung die Container abholte. Unregelmäßig und für den Vernichter überraschend, fuhr Kalli mit in die Verbrennungsanlage, um zu überprüfen, dass die Containerinhalte korrekt ihrer Vernichtung zugeführt wurden. Das war für Rudi die Gelegenheit in der sogenannten historischen Ecke in den dort abgelegten Akten herumzublättern. Rudi war nun schon drei Wochen hier im Keller, als Kalli unerwartet früh von einem seiner Ausflüge in die Verbrennungsanlage im Keller wieder auftauchte.

„Wat schnüffelste denn in dem alten Gulasch rum? So hat mein langjähriger Mitarbeiter Moritz auch angefangen, bevor er hier auf nimmer Wiedersehen verschwand."

„Was war das für ein langjähriger Mitarbeiter?"

„Geht dich det was an, biste enn Schnüffler oder wat?"

„Kalli du bist eine ehrliche Haut. Du hast mich in den letzten Wochen hier fair behandelt, darf ich dir ein Geheimnis anvertrauen, ohne dass du mich verpfeifst."

„Ein Geheimnis? Kommt darauf an. Wat is det denn für en Geheimnis."

„Also pass auf: Ich bin Detektiv und arbeite für einen Anwalt in Wiesbaden. Hier habe ich mich beworben, um im Archiv etwas herausfinden zu können, was vielleicht von Bedeutung ist, um einen Mord in Mainz aufzuklären."

„Verscheißere doch deine Großmutter, denkst wohl der Kalli hätte nicht alle Latten am Zaun? Wär zu schön jewesen, wenn hier ma etwas Spannung in de Bude jekommen wäre. Aber so ne Räuberpistole! Hör auf zu labern.

Mach dich an die Arbeit, da hinten die drei Regale müssen heute noch in Container."

„Kalli ich erzähle keinen Scheiß und ich mache dich zum Mitwisser eines großen Geheimnisses."

„Aber du verscheißerst mich nicht?"

„Nein Kalli, du kannst mir vertrauen."

„Und welches Geheimnis is det?"

„Das muss ich hier unten im Archiv herausfinden. Ich suche nach einer Akte von einem Dr. Edwin Kowalski, der wurde in Mainz ermordet und hat bis zur Wende hier in der Charité gearbeitet. In der Gynäkologie."

„Oha, jetzt pass ma uff Rudi: Bevor der Moritz Schabowski hier verschwunden ist, da hat der auch in den Büchern von dem Kowalski herumgeschnüffelt."

„Moritz Schabowski wer war das."

„Der hat hier mit mir fast 25 Jahre im Keller gearbeitet. Der wurde 1995 eingestellt, damals war der Mitte zwanzig, hatte eine Verwaltungslehre gemacht, war denen aber oben in der Verwaltung wohl einen Ticken zu blöd. Obwohl so blöd war der gar nicht, der war einfach verpeilt. Dem sein Vater war früher in der DDR bei der Firma, weeste wat ick meine?

Und vor ein paar Monaten, nachdem dem Moritz seine Mutter gestorben war, da muss ihm sein Alter gesagt haben, dass er nicht sein leiblicher Vater ist. Und auch die Mutter ihn nicht zur Welt gebracht hat. Der Moritz war von den Schabowskis adoptiert worden.

Das hat den Typen fertig gemacht, den konntest du hier unten für nichts mehr gebrauchen. Immer wieder hat er mit mir das Gespräch gesucht und jedes Mal hat der dann angefangen zu flennen. Bis er eines Tages diese Bücher gefunden hat."

„Welche Bücher hat er denn gefunden Kalli? Und sag einmal: Schabowski? War das der Schabowski der bei der Pressekonferenz 1989 ...?"

„Nee, nee mit dem Günter Schabowski hatte der Moritz nix zu tun. Die waren noch nicht einmal über fünf Ecken verwandt, auch wenn der Alte Schabowski bei der Stasi war."

„Und welche Bücher waren das?"

„Komm mit, ich zeige sie dir. Normal sollte der alte Gram bereits lange weg sein, aber ich war hier schon zu DDR Zeiten in der Registratur, da habe ich Dinge gesehen, das glaubst du nicht. Nur wenn ich die Schweinereien öffentlich gemacht hätte, dann hätten sie mich wahrscheinlich eingesperrt dafür. Als die Mauer geöffnet wurde im November 1989, da kamen ein paar Tage danach schon einige Herren von der Firma und wollten Akten hier herausholen. Das meiste waren jedoch Krankenakten, da sind sie nicht dran gegangen. Was die interessiert hat, das waren die Bücher der Ärzte die auch drüben in Hohenschönhausen im Stasi Knast in der Krankenstation eingesetzt waren. Die Ärzte mussten zwar alles in die von der Stasi geführten Akten in Hohenschönhausen eintragen, aber die Weißkittel haben auch hier in der Klinik Buch geführt. Das war wohl auch deren Anspruch, alles vollständig haben zu wollen. Der Kowalski war einer, der hat mir seine Bücher direkt am 10. November, also einen Tag nach der Maueröffnung hier heruntergebracht und bat mich die Bücher zu verwahren. Andere kamen auch. Jedenfalls waren die Bücher, die man mir persönlich gegeben hat, vor dem Vernichtungswahn der Stasi in der Zeit von November 1989 bis Oktober 1990 sicher. Danach im wiedervereinigten Deutschland hat das dann keinen mehr interessiert. Bis der Moritz dann hier herum geflennt hat, da bin ich in das Versteck gegangen und habe ihm die Bücher vom Kowalski gegeben."

„Und warum ausgerechnet die vom Kowalski?"

„Hast de doch selbst jesagt, dass der Kowalski Höhlenforscher war. Det hat den Moritz doch am meisten interessiert, vom wem er eigentlich abstammt von!"

„Hat der was gefunden?"

„Det denk icke schon. Nach ein paar Wochen hat er angefangen, das eine oder andere in den Büchern zu fotografieren und dann war er auf einmal verschwunden. Und seitdem sitze ich hier alleine und schufte mich buckelig. Und wie ick det beurteile, wirst du och wieder abhauen, wenn de jefunden hast, was de suchst, oder?"

„Ja Kalli, das kann gut sein."

„Wenigstens biste ne ehrliche Haut, Rudi. Schon mal danke dafür."

Rudi hatte nun Zugriff auf Dr. Kowalskis Aufzeichnungen. Es waren in schwarze Pappe gebundene DIN A4 Hefte. Geführt wie Tagebücher oder besser gesagt, geführt wie Tätigkeitsnachweise. Es gab Bücher mit Aufzeichnungen aus der Tätigkeit in der Charité und andere, weniger Bücher, in denen Kowalskis Wirken in Hohenschönhausen aufgezeichnet waren. In einem dieser Bücher fand Rudi Papierschnipsel die ganz offensichtlich, als Lesezeichen dienten. Die Einträge lasen sich neben vielen medizinischen Fachausdrücken in etwa wie folgt:

Hohenschönhausen am 15.04.1971

Die Strafgefangene Elke Franke ist nun schon drei Tage über prognostiziertem Geburtstermin. Die Untersuchung zeigt keine Abnormalitäten.

Eine Spontan-Geburt ist nach wie vor angezeigt. Wehen fördernde Medikamente verabreichen.

Hohenschönhausen am 16.04.1971

Keine Veränderungen zum Vortag festgestellt. Spätestens morgen die Geburt der Zwillinge einleiten.

Hohenschönhausen am 17.04.1971

Geburt wurde eingeleitet. Gegen Mittag verstärkten sich die eingesetzten Wehen.

Erster Zwilling kam um 13:45 Uhr ohne Komplikationen zur Welt.

Der zweite Zwilling folgte um 13:55 Uhr.

Die Neugeborenen wurden sofort in einen Nebenraum gebracht, um jeglichen Kontakt mit der Mutter zu vermeiden. Auch die ersten Schreie der Neugeborenen sollten von Elke Franke ferngehalten werden.

Wie immer in solchen Fällen wurden jegliche Emotionen ausgeschlossen.

Elke Franke war mit einem großen OP Tuch die Sicht auf die Neugeborenen genommen.

Noch im OP, der zum Kreißsaal umgestaltet war, wurden Elke Franke Medikamente verabreicht, die das Einschießen von Muttermilch in die Brustdrüsen unterbanden.

Wie von Generalleutnant Schmeller angeordnet, wurde die Geburtsmitteilung des erstgeborene Zwilling an das Standesamt Weißensee gemeldet. Die Geburtsmitteilung des zweiten Zwilling ging an das Standesamt Pankow.

Die Freigabe zur Adoption lag zur Einsicht vor.

Die Adoptionseltern wurden von Generalleutnant Schmeller vorgegeben.

Es handelte sich dabei um Helene und Karl-Heinz Schmeller und um Edith und Adrian Schabowski.

Der Erzeuger der Zwillinge wird auf Wunsch von Oberstleutnant Schmeller nur mit seinen Initialen vermerkt. Alles Weitere wird in der Akte von F.W. dokumentiert.

Die Zwillingsmutter wurde nach Geburt der Zwillinge in die Obhut von Dr. Wiesenbach übergeben.

Mehr stand nicht in den Büchern über Elke Franke und die Entbindung der Zwillinge.

Was Moritz Schabowski in den Büchern offenbart wurde, das war der Name seiner leiblichen Mutter. Der Hinweis auf den Vater, der war sehr nebulös. Nachdem Moritz Schabowski seine Mutter in Bayern gefunden hatte, aber auch dort den Namen des Vaters nicht in Erfahrung bringen konnte, ist er ganz offensichtlich auf die Suche nach Dr. Kowalski gegangen und hat diesen in Mainz gefunden.

Aber warum hat Moritz Schabowski den Kowalski umgebracht?

Gut der Kowalski hätte den Schabowski bei der Polizei anzeigen können, dass dieser in seine Wohnung eingedrungen ist.

Das hätte Schabowski daran gehindert weiter nach seinem leiblichen Vater zu suchen.

Hat Kowalski den Namen gekannt? Hat er ihn eventuell sogar Schabowski genannt?

Elke Franke in Bayern sagte zu Felix Schmadtke von der Mordkommission, dass der Vater der Zwilling tot sei und in Hohenschönhausen begraben wäre.

Bleibt noch der Kioskbesitzer von Friedberg. Der wurde mehr als drei Jahre vor dem Kowalski umgebracht.

Hat der Mord an diesem Bernd Meier vielleicht wirklich nichts mit dem Mord an Dr. Kowalski zu tun?

Aber warum fand man dort DNA von Moritz Schabowski? Oder war die DNA in Friedberg doch von Max Schmeller?

Rudi telefonierte mit Dr. Hubert von Hohenstein um das weitere Vorgehen abzustimmen.

„Hallo Tati, Rudi hier, kannst du mich mit Hubert verbinden?"

„Hallo Rudi, wie geht es dir? Schön deine Stimme zu hören. Warte ich stelle dich zu Herrn von Hohenstein durch."

„Hubert hier! Rudi gibt es etwas Neues?"

„Ich habe jetzt den Namen von dem Zwillingsbruder von Max Schmeller."

„Wie kommst du denn daran?"

„Kommissar Zufall hat einmal wieder geholfen. Der hat hier in der Charité Registratur gearbeitet. Moritz Schabowski heißt der."

„Und du bist zu 100 % sicher?"

„Einen DNA Abgleich habe ich nicht gemacht. Aber der Schabowski war ein Adoptivkind und hat diesen Umstand erst vor wenigen Monaten mitgeteilt bekommen. Danach fand er die Bücher von Dr.

Kowalski in denen Kowalski den Namen der Mutter und die Umstände der Geburt dokumentiert hatte."

„Hast du mit jemandem über Moritz Schabowski gesprochen?"

„Nein, nur mit Kalli!"

„Wer ist Kalli?"

„Karl Kascmarek, der arbeitet in der Registratur, der ist mein Chef."

„Und Felix Schmadtke in Mainz, mit dem hattest du keinen Kontakt?"

„Nein! Deshalb rufe ich ja bei dir an. Um abzustimmen, was ich machen soll?"

„Wie war es eigentlich bei Helene Schmeller? Mich hat der Max Schmeller angerufen. Der ist wohl in Berlin und hat für Ende nächster Woche um einen Termin bei mir in der Kanzlei gebeten."

„Helene Schmeller sagte mir, dass sie einige Telefonate mit ihrem Adoptivsohn geführt hätte. Die Gespräche wären gut gewesen. Zudem hat Max Schmeller seinen Besuch bei Helene Schmeller angekündigt. Er hat auch angekündigt etwas mitzubringen was auch für Helene Schmeller interessant und neu wäre."

„Das deckt sich mit seinen kryptischen Andeutungen mir gegenüber."

‚Soll ich mit Felix Schmadtke Kontakt aufnehmen?'

„Nein lass mal, ich würde gerne zuerst erfahren, was mir der Max Schmeller mitzuteilen hat. Hast du von dem Moritz Schabowski eine Adresse?"

„Ja, die hat mir der Kalli gegeben. Aber die Wohnung ist gekündigt und ausgeräumt. Der Moritz Schabowski ist wohl untergetaucht."

„Mehr als eine leere Wohnung würde der Felix Schmadtke dann auch nicht finden.

Max und Moritz! Ich glaube es nicht!"

„Du Hubert, da ist noch etwas was mich beschäftigt."

„Und das wäre?"

„Zu dem Zeitpunkt als der Kioskbesitzer in Friedberg abgestochen wurde, zu dem Zeitpunkt hat der Moritz Schabowski noch nicht gewusst, dass er ein Adoptivkind ist. Und der Max Schmeller? Der weiß es doch angeblich heute noch nicht, oder? Hubert, wenn du mich fragst, gibt es in der Sache noch einige Geheimnisse ".

„Da stimme ich dir zu Rudi, wenn wir etwas wissen, dann ist es, dass wir nichts wissen. Was machst du jetzt eigentlich?"

„Ich bin für acht Wochen in der Charité befristet eingestellt. Die zwei noch offenen Wochen mache ich noch. Ich will den Kalli nicht hängen lassen. Ich hoffe, dass Helene Schmeller sich mit ihrem Max trifft und mir mitteilt, was ihr der Max dann übergeben hat.

Na ja, und dann sehen wir wie es weiter geht. Du willst dich ja mit Max Schmeller in deiner Kanzlei treffen. Ich sage einmal so: Wir bleiben in Kontakt."

„Machen wir, vielen Dank Rudi, du machst einen guten Job. Bevor du jedoch mit Felix Schmadtke von der Mordkommission in Mainz Kontakt aufnimmst, stimme dich bitte mit mir ab."

Von alledem wusste man in der Sonderkommission um Felix Schmadtke nichts.

Zusehend machte sich dort miese Stimmung breit. Nicht zuletzt als man offizielle Post vom BStU dem Bundesbeauftragten für Stasi Unterlagen bekam. Dort hieß es zu den angeforderten Akten von Dr. Kowalski, Bernd Meier und Fritz Winkler wie folgt:

»Im Gesamtverzeichnis über unsere Unterlagen gibt es keinen Hinweis auf eine Akte zu einem Herrn Dr. Edwin Kowalski.

Die Herren Bernd Meier und Fritz Winkler sind dort aufgeführt. Die zu den Herren gehörenden Akten sind jedoch nicht aufzufinden.

Vielmehr hat es den Anschein, dass diese Akten bereits vor längerer Zeit dem Archiv entnommen wurden.

Es gibt Indizien, die uns veranlassen anzunehmen, dass diese Akten bereits vor der Wiedervereinigung dem Archiv entnommen wurden.«

Willi Steeger war nur noch genervt und seine wirklich miese Dauerstimmung übertrug sich mehr und mehr auf die ganze Gruppe.

„Dieser Schnüffler aus Wiesbaden! Was ist eigentlich mit dem? Hat der sich einmal aus Berlin gemeldet?"

„Nein Willi, bislang noch nicht. Aber ich kann den Rudi auch nicht drängen. Immerhin arbeitet der auf eigene Kappe, der hat keinen Auftrag von uns."

„Dann lass ihn doch festnehmen wegen Verschleierung wichtiger Hinweise zur Klärung eines Morddeliktes."

„Wir sind doch nicht in Moskau oder Istanbul.

Wenn der etwas ermittlungsdienliches feststellt, dann meldet der sich bei mir.

Habt ihr in Frankfurt zwischenzeitlich einmal bei dem Max Schmeller vorbeigeschaut?"

„Ja haben wir. Der verhält sich aber unauffällig. Der geht regelmäßig seiner Arbeit nach. In seiner Freizeit ist er abends immer wieder mit den Boule Spielern zusammen. An den Wochenenden war er jetzt schon des Öfteren in Berlin. Er hat dort wohl den Kontakt zu seiner Adoptivmutter wieder hergestellt."

„Und Elke Franke, wurde die darüber informiert, dass sie die leibliche Mutter der Zwillinge ist?"

„Ja", sagte Flo Heinen. „Die weiß Bescheid! Das hat sie aber nicht sonderlich aufgeregt, die hat wohl wirklich wenig emotionale Bindung zu ihren leiblichen Kindern."

„Wo soll diese Bindung, aber auch herkommen so wie man dieser Frau mitgespielt hat?"

„Lasst uns noch einmal über diesen Bernd Meier sprechen. Auch, wenn es so aussieht, als hätte die Friedberger Sache mit dem Mainzer Mord nichts zu tun.

Fakt ist aber, dass an beiden Tatorten die gleiche DNA gefunden wurde und nun sind auch die Stasi-Akten von Fritz Winkler und Bernd Meier verschwunden.

Da muss es doch eine Verbindung geben? Habt ihr in Frankfurt noch einmal in Meiers Biografie geschaut."

„Haben wir gemacht. Da kam jetzt aber nicht unbedingt gravierend neues zum Vorschein.

Wie gesagt, der kam 1970 in den Westen und war zunächst oben in Kassel.

In Baunatal hat er bei VW gearbeitet. Der war freigestellter Betriebsrat und Mitglied in der Deutschen Kommunistischen Partei. Mitte der 1980er

Jahre wurde dann der Bundesnachrichtendienst auf ihn aufmerksam. Angeblich hat er Industriespionage für die DDR betrieben. Also war der ein sogenannter Kundschafter des Friedens. So richtig nachweisen konnte man ihm das jedoch nie. Nach der Wende nahm er bei VW dann Anfang der 1990er Jahre eine Abfindung, schied bei VW aus und eröffnete in Friedberg den Kiosk. Einmal abgesehen davon, dass der bis zuletzt Mitglied in der DKP war, war der ansonsten unauffällig. In der Nachbarschaft sogar beliebt."

„Aber Willi hatte man nicht auch festgestellt, dass der Bernd Meier mit seinem Vater, der in Leipzig lebte, so richtig über Kreuz war?"

„Ja das ist richtig, aber der alte Meier hatte mit der SED und dem Sozialismus nicht so viel am Hut. Der Otto Adolf Meier war durch und durch Nazi. Das hat er auch im Osten durchgezogen. Er war Mitglied in der Nationalen Front der DDR und weil der Faschismus in der DDR ein absolutes Tabuthema war, konnten sich Otto Adolf Meier und seine Gesinnungsgenossen ziemlich unbeachtet ihrer politischen Einstellung widmen.

Und gerade weil der Alte Meier dem Faschismus nachhing, ist es durchaus möglich, dass sein Sohn schon alleine aus Trotz, dem Vater gegenüber, mit den Sozialisten sympathisierte."

„Und wie geht das zusammen, dass ein Republikflüchtling für die DDR hier im Westen spionierte?"

„Jetzt sei bitte einmal nicht so naiv, Felix. Ganz einfach. Die Staatssicherheit wird dem Meier bei der Flucht geholfen haben. So einfach."

„Irgendein Puzzle Teilchen muss diesen Kowalski und diesen Meier verbinden!"

„Ja Felix, das ist richtig. Wir müssen nur das passende Puzzle-Teilchen finden. Vielleicht müssen wir aber auch nur einmal damit anfangen und quer denken."

„Wie meinst du das Willi?"

„Vielleicht gibt es zwischen Kowalski und Meier gar keine Berührungspunkte.

Vielleicht hat die Sache in Friedberg nur mit Max Schmeller und die Sache in Mainz nur mit diesem Moritz zu tun. Nur müssten wir langsam anfangen etwas gezielter nach diesem Moritz zu suchen. Wir müssen wissen, wie der mit Nachnamen heißt und wir müssen wissen, wo der seine Adresse hat. Dann bekommt das hier einen neuen Schwung, da bin ich mir sicher. Ich werde das Gefühl nicht los, dass der Rudi Kraft in Berlin etwas in Erfahrung bringen konnte. Der ist mir zu ruhig. Versuche den bitte einmal zu erreichen. Auch dem Dr. von Hohenstein traue ich nicht."

„Aber was gibt dir einen Anlass dafür, Willi?"

„Nix, aber ich bin halt schon 35 Jahre lang bei der Kripo. Da entwickelst, du einfach so etwas wie einen siebten Sinn. Sonst nichts."

Nach dem Statusmeeting der SoKo 'Toter; Pariser Straße' fuhr Felix gemeinsam mit Flo und Sybille wieder nach Mainz. Zurück im dortigen Präsidium wählte Felix die Handy-Nummer von Rudi. Es meldete jedoch nur der Anrufbeantworter und bat eine Nachricht zu hinterlassen. Auch in der Kanzlei von Hohenstein hatte Felix kein Glück.

Tatjana Rabe vertröstete ihn auf einen Rückruf. Dr. von Hohenstein wäre außer Haus bei einem Gerichtstermin.

Kurz vor Feierabend sah Felix, dass Rudi anrief:

„Hallo Felix, Rudi hier. Ich habe gesehen, dass du angerufen hattest. Im Keller habe ich jedoch keinen Empfang."

„In welchem Keller steckst du denn Rudi?"

„Das war doch deine Idee, hast du schon vergessen? Ich arbeite seit sechs Wochen in der Registratur der Charité."

„Ja, ja, aber ich dachte nicht, dass du dort wirklich in einem Kellerverlies verbringen musst?"

„Na, so schlimm ist es nun auch wieder nicht, außerdem ist das gar nicht so schlecht keinen Handy Empfang zu haben. Solltest du auch einmal wieder probieren. Das ist super entspannend."

„Rudi, hast du in Berlin etwas herausgefunden?"

„Nee leider nicht. Wie gesagt ich mache das jetzt seit sechs Wochen. Nix!

Noch zwei Wochen, dann ist meine Befristung fertig, dann höre ich hier wieder auf und freue mich auf Wiesbaden. Und bei euch. Irgendetwas Neues bei euch."

„Nein nichts. Alles sehr frustrierend. Absolut keine Hinweise. Wir bräuchten dringend Namen und Adresse von diesem Moritz. Und die Stasi-Akten von dem Bernd Meier und dem Fritz Winkler sind auch irgendwie abhanden gekommen."

„Ja Felix, manchmal ist es eben wie verhext. Aber es kommen auch wieder bessere Zeiten. Glaube mir, Kopf hoch."

Nach dem Telefonat hatte Rudi ein schlechtes Gewissen. Immerhin war es die Idee von Felix Schmadtke, direkt in der Registratur anzuheuern. Auf der anderen Seite war Hubert von Hohenstein Rudis Überlebensgarantie. Er konnte doch nicht in die Hand beißen, die ihn füttert.

Das schlechte Gewissen hielt auch nicht wirklich lange an.

Rudi war zurück in seinem Appartement in der Barfussstraße. Über Mesut hatte er erreicht, dass er noch ein paar Tage über die Vertragsdauer hinaus dort bleiben durfte.

Es war Donnerstag. Morgen am Freitag hatte er seinen letzten Tag in der Charité und für den Freitagabend hatte er Kalli Kascmarek in das Don Pasquale in Wedding eingeladen.

Helene Schmeller hatte sich auch gemeldet. Sie erzählte, dass Max bei ihr gewesen ist und dass sie sich mit ihm ausgesprochen hätte. Er wäre seit mehreren Jahren bereits über sein Schicksal informiert gewesen und hätte ihr interessante Unterlagen mitgebracht, die Max kurz vor dem Tod seines Großvaters von diesem in der Schuhmacher Werkstatt bekommen hätte. Alles weitere wollte sie Rudi am Samstag-Nachmittag am Wannsee erzählen. Soweit war also alles im Lot, nur eines machte Rudi so richtig sauer. Seine Corvette hatte auf der Beifahrerseite einen hässlichen Kratzer. Mesut setzte jedoch alle Hebel in Bewegung, um den Übeltäter zu ermitteln.

Am Samstag besuchte Rudi Helene Schmeller im Pflegeheim. Zum ersten Mal trafen sich die beiden in Helene Schmellers Zimmer. Zum einen regnete es immer wieder einmal, aber vielmehr ging es Helene Schmeller dieses Mal um eine vertrauenswürdige Umgebung, in der sie sicher sein konnte, dass es keine Lauscher gab.

Max ihr Adoptivsohn wäre am Donnerstag bei ihr gewesen. Er hätte ihr die alte Kassette mitgebracht und zeigte mit dem Finger hinüber auf das Sideboard wo eine olivgrüne Blechkassette stand. Der Schlüssel steckte im Schloss auf dem Deckel. Die Kassette hätte Max von seinem Opa bekommen, kurz bevor dieser 1998 gestorben sei. Das muss also kurz davor oder kurz danach gewesen sein als er mich damals hier am Wannsee besuchte. Zu dieser Gelegenheit hat mein Vater, Max auch über seine Herkunft aufgeklärt. Das erklärt vielleicht auch warum er damals eine ganz lange Zeit nicht mehr zu mir zu Besuch kam.

Gut: Helene Schmeller hat in dieser Zeit auch kein Wort gesprochen.

Aber man hätte sich nun jedoch ausgesprochen und noch vor Ende des Jahres würde sie nach Frankfurt umsiedeln. Ihr Adoptivsohn hätte für sie ein kleines Appartement nicht weit von Ihm entfernt ebenfalls am Frankfurter Museumsufer gekauft. Die Wohnung müsste nun nur noch renoviert werden und die Klinik hätte bereits zugestimmt, dass sie bis Ende des Jahres, wenn nötig, hier am Wannsee bleiben dürfe.

„Was ist denn in der Kassette drin Helene, darf ich einen Blick hineinwerfen?"

„Jetzt sind Sie doch nicht so ungeduldig. Später, später dürfen Sie lesen, was sich in der Kassette befindet. Ich habe eine Flasche Rotwein!

Darf ich Ihnen ein Gläschen einschenken?"

„Ja gerne, da sage ich nicht nein."

„Schauen Sie Rudi, ist Ihnen der recht? Möchten Sie probieren?"

„Das ist ja ein 2010 Château Clinet!"

„Sieht ja aus, als würden Sie etwas von Wein verstehen? Prost, auf ihr Wohl Rudi."

„Auf ihr Wohl Helene …mmh köstlich, geradezu göttlich dieser Tropfen."

„Das freut mich, wenn ihnen der Wein schmeckt ‚Rudi. Den hat mir der Max mitgebracht. Heute trifft er sich übrigens mit seiner Mutter und seinem Bruder."

„Der trifft sich mit Elke Franke …?"

„Ja und mit Moritz Schabowski!"

„Wo treffen die sich, können Sie mir das sagen, Helene?"

„Irgendwo in Berlin, ich weiß nicht genau wo."

„Seit wann wissen Sie von Elke Franke und Moritz Schabowski. Kennen sie die Beiden schon länger?"

„Nein Rudi. Aber warum sind Sie denn jetzt so aufgeregt? So kenne ich Sie gar nicht. Kennen auch Sie Moritz Schabowski?"

„Nicht wirklich. Ich weiß aber, dass der Moritz Schabowski fast 25 Jahre in der Charité in der Registratur gearbeitet hat. Und seit ca. vier Wochen weiß ich, dass das der Bruder von Max Schmeller ist. Und es ist der Schabowski, der mit großer Wahrscheinlichkeit den Kowalski in Mainz umgebracht hat."

„Schade, dass man nicht alle umbringen kann, die es verdienen würden. Nicht wahr, Rudi?"

„Aber Helene, selbst einen der es verdient hätte, den darf man doch nicht einfach um die Ecke bringen. Unser Rechtsstaat schreibt da andere Prozesse vor. Man darf doch nicht einfach seinen eigenen Gefühlen folgend über einen anderen richten."

„Was glauben Sie, wer in der DDR auf meine Gefühle Rücksicht genommen hat? Der Staat nicht, Herr Mielke nicht, mein Ehemann der Stasi Major Karl-Heinz Schlemmer nicht, mein Schwiegervater der Stasi Generalleutnant schon einmal gar nicht. Oder fragen Sie einmal Elke Franke wer auf ihre Befindlichkeiten Rücksicht genommen hat? Niemand Rudi, niemand und dieser Dr. Kowalski schon gar nicht. Aber wer hat sieben Jahre in Hoheneck gesessen? Der Kowalski etwa? Nein, den hat noch keiner beim Scheißen angestarrt, den nicht.

Aber Elke Franke, die hat sieben Jahre im Frauenknast in einer Zelle mit 23 anderen Häftlingen gesessen. Und für was?

Weil sie mit ihren Zwillingen frei sein wollte. Das war das Einzige, was man ihr vorwerfen konnte."

„Hat Sie ihnen das persönlich erzählt Helene?"

„Nein! Max hat mir erzählt, dass sie in Hoheneck gesessen hat. Wie es dort zuging, habe ich in Publikationen gelesen in denen andere dort einst inhaftierte Frauen berichtet haben."

„Hat Ihr Mann damals in der DDR darüber gesprochen? Der war doch ganz nah dran an diesen Dingen?"

„Und ich war ganz nah dran an diesen Schweinen."

„Welchen Schweinen?"

„Na an meinem Mann und meinem Schwiegervater und der ganzen Nachbarschaft in Hohenschönhausen. Und ich habe nichts dagegen getan, ich habe alles einfach so über mich ergehen lassen. Habe Bananen und Orangen fortgeworfen, wenn sie angestoßen waren und im Rest der Republik haben die Leute geglaubt Bananen wären Grün und man könnte Salat daraus machen."

„Aber Helene, Sie können doch nun die Schuld für all das nicht auf Ihre Schultern laden."

„Rudi, Sie glauben gar nicht wie verdammt schlecht ich mich fühle. Ich habe mich doch für diesen Karl-Heinz Schmeller selbst entschieden. Ich habe doch nicht auf meinen Vater gehört, als er mich damals in meinem Kinderzimmer gewarnt hatte. Gewarnt hatte davor worauf ich mich, da einlasse. Ich habe doch genau gewusst, wer dieser Generalleutnant Schmeller war. Ich habe doch gewusst, dass ich mich mit einem Sohn von einem Stasi General eingelassen habe. Und ich habe die Annehmlichkeiten wie selbstverständlich angenommen. Die große Wohnung in Weißensee. Die kleine Villa in Hohenschönhausen. Ich habe doch den Max einfach genommen und das Kind belogen, dass ich seine Mutter sei. Natürlich wusste ich, dass seine leibliche Mutter unter unmenschlichen Bedingungen dahinvegetieren musste. Aber ich habe die Augen verschlossen, habe in Krim Sekt gebadet und habe mit den Stasi Oberen rauschende Feste gefeiert. Und viele, viele Menschen haben nur wegen ihres Strebens nach Freiheit und Selbstbestimmung in Hohenschönhausen, in Hoheneck, im Zuchthaus Brandenburg, im Roten Ochsen in Halle, im Gelben Elend in Chemnitz und und und eingesessen.

Rudi, diese Schuld kann mir keiner nehmen."

Rudi hatte sein Handy stumm geschaltet, aber es vibrierte unaufhörlich in seiner Hosentasche. Ein flüchtiger Blick darauf zeigte ihm, dass Hubert von Hohenstein ihn versuchte zu erreichen. Jedoch musste sich Rudi entscheiden, entweder die Unterhaltung mit Helene Schmeller, die zudem höchst emotional aufgeladen war. Oder das Telefonat mit Hubert, was auch immer der wollte.

Rudi entschied sich dafür das Handy komplett abzuschalten.

Noch einmal versuchte Rudi die Stimmung wieder etwas aufzuhellen.

Noch einmal beruhigte er Helene Schmeller damit, dass sie sich wirklich nicht für all das Unrecht, das in den letzten 70 Jahren geschehen war, nun persönlich in die Haftung nehmen dürfe.

Helene Schmeller war, aber so sehr betroffen von den Dingen, die sie wohl in den letzten Tagen zur Kenntnis bekam, dass sie nur schwer von ihrer persönlichen Unschuld an diesen Dingen zu überzeugen war.

Irgendwann erhob sie sich aus ihrem Sessel und ging hinüber zum Sideboard. Sie griff die olivgrüne Blechkiste und drückte sie Rudi auf den Schoß.

„Rudi, bitte nehmen Sie diese Kassette, ich möchte sie nicht länger hier in meiner Nähe haben."

„Woher haben Sie diese Blechkiste? Sieht alt aus und entschuldigen Sie: Die sieht sehr sozialistisch aus."

„Max hat mir diese Kassette mitgebracht. Er bekam sie von meinem Vater. Kurz vor seinem Tod 1998. Diese Kassette beinhaltet das Geheimnis über Max und Moritz leiblichen Eltern. Und nicht nur das, der Inhalt der Kassette beschreibt auch, zu was man bei der Stasi in Stande war. Erzählt darüber, wie Menschen einfach verschwanden. Erzählt darüber, wie Menschen betrogen wurden und erzählt darüber, wie Menschen völlig neu festgelegte Biografien leben konnten. Alles gedeckt und initiiert von einem Staatsapparat, der sich auf die Fahne geschrieben hat, dass das Wohl des Volkes als höchstes Gebot gelten würde."

„Helene wissen Sie von wem ihr Vater diese Kassette bekommen hat?"

„Rudi Sie werden es nicht glauben. Mein Vater bekam die Kassette im Sommer 1990 von meinem Schwiegervater dem Generalleutnant Schmeller.

Die Wiedervereinigung war noch nicht geschehen, das war ja bekanntlich erst am

3. Oktober 1990 so weit.

Wie Max von meinem Vater erzählt bekam, stand der Alte Schmeller, wie gesagt im Sommer 1990, wie aus heiterem Himmel in der Schuhmacher Werkstatt meines Vaters.

Er hatte die Kassette unter dem Arm und er hätte zu meinem Vater gesagt, dass es nun bald mit der DDR vorbei wäre. Dann würde die Jagd beginnen meinte er.

Die Großwildjagd! Nur die "Großen Tiere" würden gejagt werden. Die Mitläufer und die kleinen Schweine, die Schnüffler und Denunzianten, die werden davon kommen.

So wie damals nach dem Krieg auch.

Wie damals die Nazimitläufer, so können auch diese kleinen sozialistisch angepassten Schmarotzer sich wieder anpassen. Anpassen an die neue Zeit. Beschwören, das sie nichts wussten, nicht dabei waren, nie einen Freund verraten haben.

Die alle werden erzählen, dass sie den Löwenthal in Kennzeichen 'D' geguckt haben, dass man schon immer wusste, dass eines Tages das westliche System als das Bessere und das menschenfreundlichere als Sieger aus einem wieder vereinigten Deutschland hervorgehen wird.

Aber die Großen, die die diesen Staat DDR vierzig Jahre lang am Leben gehalten haben. Wir großen die dafür gesorgt haben, dass der Laden am Laufen gehalten wurde, uns werden sie jagen.

Der Alte Schmeller sagte zu meinem Vater auch, dass es sich für meinen Vater jetzt auszahlen würde, unpolitisch diese Schuhmacherei betrieben zu haben. Ihn würden sie in Ruhe lassen und irgendwie würde er meinen Vater sogar darum beneiden.

Und weil sie dich in Ruhe lassen, werden sie bei dir in der Werkstatt auch nicht alles so auf den Kopf stellen, so wie sie es mit meiner Behausung machen werden.

Darum bat Schmeller meinen Vater, diese Kassette an sich zu nehmen. Darin wäre das Geheimnis von Max' Herkunft dokumentiert und aufgezeichnet, wer Max' leiblichen Eltern wären. Vielleicht würde man dem Jungen ja irgendwann die Wahrheit über seine Wurzeln erzählen und vielleicht wäre er dann interessiert daran seine leiblichen Eltern kennenzulernen, wenn es dann nicht zu spät ist.

Aber er, Schmeller, hat es meinem Vater überlassen, wann er die Kassette an Max weiter reicht.

Offensichtlich hat mein Vater dann 1998 gespürt, dass er von dieser Welt abberufen wird. Damals hat er Max die Kassette gegeben."

Rudi nestelte an dem Schlüssel auf dem Deckel der Blechkiste und wollte die Kassette öffnen, um nachzusehen, was sie beinhaltet.

„Nein Rudi, bitte nicht. Lassen Sie die Kassette bitte geschlossen. Nehmen Sie sie mit und öffnen Sie die Kassette alleine oder mit wem Sie glauben das Geheimnis teilen zu müssen. Ich habe den Kassetteninhalt gelesen und habe beschlossen dieses Kapitel nun für mich abzuschließen.

Ich hoffe in Frankfurt noch einmal bei null starten zu können, um die letzten Jahre meines Lebens nur noch in der Gegenwart zu leben, ohne an die Vergangenheit erinnert zu werden.

Bitte nehmen Sie Kassette und gehen Sie jetzt.

Rudi, leben Sie wohl!"

Rudi legte die olivfarbene Blechkiste in den Fußraum der Corvette, lehnte sich an das Fahrzeug und drückte die Rückruftaste seines Handys. Auf dem Display stand:

'17 Anrufe in Abwesenheit' alle aus Wiesbaden, alle von Hubert von Hohenstein.

„Verdammt, wo steckst du denn, ich frage mich, ob ich dich noch einmal für mich beauftrage, wenn du nicht zu erreichen bist."

„Sorry Hubert, ich war bei Helene Schmeller. Du wusstest doch von meinem Termin."

„Habt ihr schön Kaffee getrunken und Schwätzchen gehalten? Ich brauche dich dringend, um in Berlin ein paar wichtige Dinge zu checken. Aber pass auf die Polente auf, ich musste Felix Schmadtke einbinden. Der hat bestimmt seine Kollegen in Berlin um Amtshilfe ersucht."

„Was ist denn los Hubert, hat das etwas mit dem heutigen Treffen von Elke Franke, Max Schmeller und Moritz Schabowski zu tun?"

„Die treffen sich heute? Woher weißt du das? Wo treffen die sich?"

„Jetzt komm doch bitte einmal wieder etwas runter. Hubert du bekommst ja noch einen Herzinfarkt. Helene Schmeller hat mir gesagt, dass die sich treffen. Wann und wo weiß ich nicht. Nur dass das heute sein soll, mehr konnte mir Helene Schmeller nicht sagen.

Aber was ist denn bei dir los?"

„Ich sagte dir doch, dass Max Schmeller um einen Termin bei mir in der Kanzlei gebeten hatte. Der Termin sollte gestern am Freitagabend stattfinden."

„Und war er da, was habt ihr besprochen?"

„Das ist es ja! Er war nicht bei mir in Wiesbaden und hat den Termin platzen lassen.

Heute Vormittag hat er dann angerufen und sich entschuldigt. Er hätte nicht fliegen können hat er mir erzählt, der Grund dafür sei, dass er gestern alle seine Papiere am Flughafen gestohlen bekommen hätte oder verloren hat. Auf jeden Fall wäre alles weg. Pass, Perso, Führerschein, Krankenkarte eine Visa und eine AmericanExpress Credit Card, alles in einer ledernen Umhängetasche."

„Shit happens! Dann wird er wohl nächste Woche zu dir kommen."

„Rudi, dass du kein spitzen Detektiv bist, OK, sei es drum. Aber überlege doch einmal. Der Max Schmeller trifft in Berlin seine Mutter Elke Franke und seinen Zwillingsbruder Moritz Schabowski. Der Schabowski hat mit großer Wahrscheinlichkeit den Kowalski in die ewigen Jagdgründe geschickt. Einer von Max und Moritz hat den Kioskbesitzer um die Ecke gebracht."

„Aber du hast den Max Schmeller, doch freisprechen lassen."

„Lass das mal so stehen. Ich nehme auch zurück, dass du ein schlechter Detektiv bist.

Also da treffen sich eineiige Zwillinge, von denen mindestens einer ein mutmaßlicher Mörder ist und dann verliert einer alle seine Papiere."

„Was hätte ich denn tun können Hubert, worum wolltest du mich am Telefon bitten?"

„Du hättest zum Flughafen fahren können. War eben so eine Idee! Als ich dich nicht erreichte, habe ich Felix Schmadtke angerufen und habe ihm gebeichtet, dass wir herausbekommen haben wie Max Schmellers Zwillingsbruder heißt."

„Und was hat er gesagt?"

„Ausgeflippt ist er. War eben nicht so ganz koscher wie wir ..., äh wie ich mich da verhalten habe.

Der Schmadtke hat dann sofort eine Streife von den Berliner Kollegen an die Adresse von Moritz

Schabowski fahren lassen. Die haben aber nur bestätigt, was du mir schon gesagt hattest.

Die Wohnung war gekündigt und ausgeräumt.

Von Schabowski keine Spur".

Als Felix Schmadtke bei mir angerufen hat, um mir das zu sagen, da habe ich Schmadtke erzählt, dass mich Schmeller angerufen hatte und mir sagte alle Papiere verloren zu haben.

„Und wusste der, wo die Papiere abgeblieben sind?"

„Bist du blöd heute oder was? Ausgeflippt ist der Schmadtke zum zweiten Mal. Der war, stinke sauer, dass ich nur Salamischeibchen für Salamischeibchen erzählen würde. Und damit hatte er ja recht. Ich habe mich so sehr über mich selbst geärgert, das glaubst du gar nicht."

„Und weiter Hubert."

„Felix Schmadtke genauer gesagt die Bundespolizei hat alle abfliegenden Passagiere in Berlin Tegel und Berlin Schönefeld überprüft."

„Und?"

„Am Freitagvormittag ist ein Max Schmeller von Tegel nach Frankfurt und von dort weiter nach Rio de Janeiro geflogen."

„Aber der Schmeller hat dich doch heute nach Mittag aus Berlin angerufen und gesagt er hätte alle seine Papiere verloren."

„Exakt und seiner Adoptivmutter sagte Max Schmeller, er würde sich heute mit seinem Bruder und seiner leiblichen Mutter treffen. Bei mir in der Kanzlei hat er wahrscheinlich angerufen, nachdem er aus Rio von Moritz Schabowski bestätigt bekommen hatte, dass dieser gut gelandet und in Brasilien eingereist sei."

„Ist das nicht strafbar?"

„Wie und wer soll denn beweisen, dass der Max Schmeller seine Papiere nicht verloren hat oder gestohlen bekam. Wer soll das beweisen?"

Dr. Hubert von Hohenstein hat in einem Nebenraum im Kurhaus in Wiesbaden bei Lambertus einen Tisch für vier Personen bestellt. Die Herren Felix Schmadtke von der Mordkommission Mainz, Willi Steeger von der Mordkommission Frankfurt und Dr. Hubert von Hohenstein warteten dort nun schon seit beinahe einer halben Stunde auf Rudi.

Ohne Rudi anzufangen war nicht möglich.

Gemeinsam wollten die vier Herren den Inhalt der olivgrünen Blechkassette von Generalleutnant Schmeller zur Kenntnis nehmen. Aber die Kassette die hatte noch immer Rudi in der Corvette.

Im ersten Stock konnte man dann durch das offene Fenster ein Röhren aus einem Sportwagenauspuff vernehmen.

„Endlich, das muss er sein."

Und wirklich, kurz darauf kam Rudi in das Nebenzimmer im ersten Stock.

„Hallo zusammen, ihr seid ja schon alle da?"

„Rudi, das sind zwei Hauptkommissare. Den Felix Schmadtke muss ich dir ja nicht vorstellen. Hier rechts von mir, das ist Herr Wilhelm Steeger von der MoKo Frankfurt."

„Angenehm, mein Name ist Rudolf Kraft, aber gerne Rudi."

„Ja das ist mir auch lieber, ich bin der Willi."

„Wenn das so ist, möchte ich hier nicht die Ausnahme sein. Ich bin der Hubert.

Sag bitte Rudi, wo hast du die Corvette abgestellt? Steht die wieder hier vor dem Kurhaus?"

„Warum fragst du, die kleine süße Bedienung im Biergarten hat ein Auge darauf!

Die hat früher hier in Wiesbaden als Politesse gearbeitet und kennt die meisten Knollebobbe noch."

„Ich gebe auf!

Bestellen wir zuerst etwas zu Essen oder wollen wir zuerst in die Kassette schauen?"

„Ich habe heute noch nichts gegessen", war Rudis Einwurf.

„Dann wäre diese Frage auch beantwortet", brummte Hubert fast resignierend.

Aber auch Felix und Willi waren wohl nicht abgeneigt zuerst etwas zu speisen, bevor man sich dem Inhalt der Kassette widmet.

Alle vier hatten Lust auf vegetarisches und ein Rind Steak.

Das Steak, das alle Medium bestellten, wurde an einer Salatkomposition serviert. Dazu bestellte Hubert einen 2014er Ingelheimer Merlot trocken.

Zum Espresso, den alle vier bestellten öffnete, Rudi die olivgrüne Blechdose. Darin waren zwei etwas dicker bestückte Schnellhefter, ein paar lose Dokumente in einer Klarsichthülle und ein brauner DIN A5 Umschlag auf dem

'An meinen Lieben Max'

geschrieben stand.

Zuerst schaute Hubert in den braunen Umschlag und begann in dem Brief zu lesen:

Mein Lieber Max,

so gerne wäre ich dir ein guter Opa und nicht ein Stasi General gewesen. Ich hoffe, du wirst mir irgendwann verzeihen können. Um Entschuldigung bitte ich dich und gleichzeitig schäme ich mich beim Schreiben dieser Zeilen schon wieder. Schon wieder, weil ich nicht den Mut habe, mit dir persönlich zu sprechen. Jetzt da du doch schon 15 Jahre alt geworden …

An dieser Stelle stoppte Hubert weiterzulesen.

„Wenn ihr zustimmt, würde ich den Brief gerne zurück in den Umschlag legen. Ich bin der Meinung, dass das ein sehr persönlicher Brief von Opa zu Enkel ist. Das sollten wir respektieren und wirklich nur dann lesen, wenn wir glauben, dass das auch tatsächlich der weiteren Ermittlung dienlich ist."

Alle stimmten zu und Hubert steckte den Brief zurück in den braunen Umschlag.

Dann nahm man die beiden Schnellhefter in Augenschein. Das sieht aus wie die bei der BStU abhanden gekommenen Stasi-Akten von Fritz Winkler und Bernd Meier.

„Das gibt es doch nicht", erstaunte sich Felix. Und Willi sagte: „Lass uns erst einmal in die Akte von diesem Bernd Meier schauen. Nicht weil das mein Fall ist, aber den hat man immerhin zuerst umgebracht, also lasst uns die Reihenfolge einhalten."

Bernd Meier *24.12.1947 Leipzig – † 28.12.1970 bei Halberstadt

„Das kann unser Meier aus dem Kiosk doch gar nicht sein? Guck doch einmal, wann der gestorben ist?"

„Willi jetzt habe doch bitte ein wenig Geduld. Schau dir bitte das Geburtsdatum an, das passt auf deinen Meier, oder?"

„Das passt, da hast du recht Felix."

Hubert las immer wieder neue Absätze aus der Akte und es ergab sich immer mehr ein Bild darüber, wie dem Bernd Meier mitgespielt wurde.

Dass er in Leipzig geboren wurde und sich mit dem Vater nicht so recht verstanden hatte, dies war bereits bekannt. Auch, dass der alte Otto Adolf Meier seine faschistische Ideologie nie abgelegt hat, war bereits zur Kenntnis genommen. Und die Tatsache, dass Bernd Meier nach Eisenach gegangen war, um dort im VEB Automobilwerke Eisenach zu arbeiten, das war aus der Biografie des Kioskbesitzers in Friedberg hervorgegangen.

Eintrag der Staatssicherheit:

»Es ist davon auszugehen, dass Bernd Meier wegen der faschistischen Grundeinstellung des Otto Adolf Meier und der Tatsache, dass dieser in der Nationalen Front organisiert ist, keine ausreichend gute sozialistische Erziehung genossen hat. Es ist weiter davon auszugehen, dass diesbezüglich erhebliche Defizite bestehen müssen. Um das zu erkennen und gegebenenfalls zu korrigieren, erachten wir es als notwendig, Herrn Bernd Meier einen IM zur Seite zu stellen.«

An einer anderen Stelle dann folgendes:

»Es ist ab sofort im Mai 1969 gelungen den IM Olaf zu gewinnen, damit dieser Bernd Meier seine Freundschaft anbietet. Die zwei sind nicht nur in der gleichen Schicht am Endmontageband der VEB Automobilwerke Eisenach beschäftigt, sondern teilen auch sonst eine ganze Reihe Hobbys und Freizeitaktivitäten.«

Bericht IM Olaf:

»Am Samstag hat Bernd Meier zuerst die ARD Sportschau und danach die ZDF Hitparade geschaut. Bei Vorberichten zu den Europa Pokal Spielen von Bayern München und später von Vorwärts Berlin, hat Bernd Meier eindeutig Sympathie für den Westklub gezeigt. Während der ZDF Hitparade hat sich Bernd Meier negativ geäußert über Reinhard Lakomy und seinen DDR Hit 'es war doch nicht das erste Mal'!«

Bericht IM Olaf:

»War mit Bernd Meier in der letzten Zeit des Öfteren zu Fußball Oberliga Spielen in Erfurt.

Dabei sprach Bernd Meier wiederholt davon, dass er gerne einmal ein Bundesligaspiel besuchen würde.

In München oder in Mönchengladbach oder vielleicht auch einmal auf dem Betzenberg in Kaiserslautern.

Dort würde er am liebsten das Süd West Derby zwischen den Roten Teufeln und Eintracht Frankfurt besuchen.

Bernd Meier erscheint über den West Fußball sehr gut informiert.«

Bericht IM Olaf:

»Bernd Meier hat mir anvertraut, dass er eine sehr umfangreiche Sammlung von Kicker Sport Magazinen besitzt.«

Bericht IM Olaf:

»Bernd Meier offenbarte mir, dass er darüber nachdenkt der DDR den Rücken zu kehren. Er erwägt eine Ausreise über einen unserer Freundschaft Staaten im Süd Osten oder mithilfe eines Schleppers direkt in die Bundesrepublik zu gelangen.«

Eintrag Staatssicherheit:

»IM Olaf wird gebeten Bernd Meier in Richtung unserer Transitschleuse in den Harz zu dirigieren.«

Bericht IM Olaf:

»Habe Bernd Meier den Schlüssel zur Schleuse im Harz übergeben. Er wird die Republikflucht am 28.12.1970 versuchen. Bernd Meier wird sich mit seinem Pkw Model Wartburg 311 bis circa 4000 m der Grenze zur BRD im Harz nähern. Die letzten 4 Km dann zu Fuß durch den Wald zurücklegen und wie besprochen in den Alten Stollen vordringen.«

Eintrag Staatssicherheit:

»Nachdem Bernd Meier das Gitter am Alten Stollen geöffnet hatte, muss er gemerkt haben, dass ihm eine Falle gestellt wurde. Er rannte in den Wald zurück und entzog sich dem Zugriff der Volkspolizei. Als man seinen Wartburg 311 in der Nähe von Halberstadt stoppen wollte, hat Meier versucht die Straßensperre zu durchbrechen. Daraufhin hat man mehrere Warnschüsse abgefeuert. Unglücklicherweise wurde Meier von einer dieser Pistolenkugeln getroffen und erlag seiner Schussverletzung noch am Unfallort.

Um die Leiche des Bernd Meier pathologisch zu untersuchen hat man diese noch in der Nacht nach Berlin-Hohenschönhausen in das dortige Stasi-Gefängnis bringen lassen.«

„Und jetzt?", fragte Willi Steeger. „Wenn der Meier schon 1970 erschossen wurde. Wer war dann dieser Kioskbesitzer? Die Biografie von dem ist die vom Meier. In Leipzig geboren, dann nach Eisenach gegangen und 1970 in den Westen geflohen.

Nur hat er hier noch mehr als vierzig Jahre gelebt.

Wer ist der Falsche? Die Leiche im Osten oder unser Kioskbesitzer im Westen?"

„Lass mich einmal in die Akte von dem Fritz Winkler schauen. Bin einmal gespannt welche Überraschung uns dort erwartet."

Die erste Überraschung war schon die Überschrift in der Akte. Dort stand:

»Fritz Winkler *17.09.1943 – †30.12.1970«

„Das deckt sich mit der Aussage von Elke Franke", fiel Felix sofort auf.

Felix Schmadtke fiel auch auf, dass die Zeit in der Fritz Winkler als IM Nikolai Elke Franke bespitzelte wohl fehlt. „Diesen Teil hat man wohl nach der Wende entfernt?"

Nein, widersprach Hubert. Das würde von der chronologischen Abfolge nicht passen. Der uns hier vorliegende Teil der Akte muss früher, und zwar vom alten Schmeller separiert worden sein.

Hier ein Dokument von Generalleutnant Schmeller unterschrieben:

»Werter Genosse Wolf

am 30.12.1970 wird Fritz Winkler die von ihm geschwängerte Elke Franke wie verabredet zur Harzer Schleuse begleiten. Elke Franke ist dort zu verhaften und wegen versuchter Republikflucht unverzüglich nach Hoheneck ins Erzgebirge zu überführen. Ich erwarte, dass die Zwillinge mit der Elke Franke schwanger ist, noch vor deren Entbindung freiwillig zur Adoption freigegeben werden. Ich erwarte darüber hinaus, dass man in Hoheneck entsprechend auf Elke Franke einwirkt.

Die Entbindung selbst bitte ich in Hohenschönhausen erfolgen zu lassen.

Fritz Winkler ist wie geplant und besprochen, durch die Harzer Schleuse in die BRD zu entsenden, damit er uns dort als Kundschafter des Friedens zum Wohle unseres sozialistischen Vaterlandes dient.

Mit sozialistischen Grüßen

GenLT Schmeller

27.12.1970«

Ein weiteres Dokument in der Akte Fritz Winkler ebenfalls von Generalleutnant Schmeller:

»Werter Genosse Wolf

gestern am 28.12.1970 lief eine fingierte Republikflucht im Harz aus dem Ruder. Der observierte Republikflüchtling entkam im Harz an der Schleuse, wurde aber später in Halberstadt gestellt. Tragischerweise wurde dieser dort von einer Pistolen Kugel, abgeschossen von einem Volks-Polizisten getroffen und tödlich verletzt.

Für unser Vorhaben mit Fritz Winkler stellt sich dies jedoch als ein glücklicher Umstand dar.

Ich beauftrage sie hiermit, den Fritz Winkler mit den Papieren von Bernd Meier, so heißt der Verstorbene von Halberstadt, auszustatten. Unter dem Namen Bernd Meier und dessen Biografie wird uns Fritz Winkler noch unauffälliger als Botschafter des Friedens dienen können und den Bundesbehörden wird die Biografie eines Bernd Meier auch unauffälliger erscheinen.

Den Leichnam von Bernd Meier, der sich zurzeit in der Pathologie der Stasi-Klinik in Hohenschönhausen befindet, befehle ich unter dem Namen Fritz Winkler auf dem Friedhof in Hohenschönhausen zu bestatten. Das soll unmittelbar erfolgen.

Mit sozialistischem Gruß

GenLT Schmeller   29.12.1970«

Weitere kurze Notizen in der Akte lasen sich wie folgt:

»F. Winkler alias B. Meier gut in der BRD angekommen.«

»F. Winkler alias B. Meier hat seinen Dienst als Kundschafter des Friedens aufgenommen und arbeitet in Baunatal bei VW.«

»F. Winkler alias B. Meier wurde bei VW als Betriebsrat freigestellt und hat sich dem Arbeitnehmerflügel der DKP angeschlossen.«

Es war mittlerweile schon nach 21:00 Uhr.

„Und nun?", brummte Willi Steeger. „Was nun?"

Felix Schmadtke war der Meinung, dass die letzten Stunden viel mehr Licht auf die Mordfälle warfen als all die Monate zuvor. An Willi Steeger gerichtet sagte er:

„Willi, für heute lass es uns gut sein. Am Dienstag nächste Woche ist unser Statusmeeting von der SoKo 'Toter; Pariser Straße'. Dort können wir das heute erfahrene dann resümieren."

„Was ist das denn für ein gelbes Blinklicht da draußen?", fragte Hubert.

Rudi ging zum Fenster und verließ dann fluchtartig den Nebenraum im Lambertus mit den Worten:

„So eine Scheiße, der hat meine Corvette auf dem Abschlepper!"

Als Hubert aus dem Lambertus hinaus, die Treppe hinunter vor das Kurhaus ging, saß Rudi auf einem der Olivenbaum Kübel, die hier überall im Straßen Cafe und im Biergarten standen.

„Hast du ihn nicht mehr rechtzeitig erreicht?"

„Ach was, der Dicke vom Abschleppdienst hat nicht mit sich reden lassen. So eine Scheiße …"

„Du solltest einfach damit aufhören dein Auto überall und wo es dir gerade passt abzustellen."

„Ja, jetzt mache mir noch Vorwürfe! So ein Scheiß aber auch."

„Rudi komm: Das ist jetzt eben so wie es ist, da kannst du nichts mehr ändern. Ich rufe morgen Früh für dich beim Präsidium an. OK?"

„OK Hubert, danke! Wo sind denn eigentlich Felix und Willi abgeblieben?"

„Die sind vom Lambertus direkt runter in die Tiefgarage gegangen, die haben ihre Autos dort geparkt."

„Und du Hubert, wo stehst du?"

„Drüben in der Garage unter dem Marktplatz. Hast du Lust mich zu begleiten. Ich könnte noch einen Absacker vertragen, gehst du mit?"

„Ja gerne! Wohin?"

„Lass uns ins Lumen an die Bar gehen, dann habe ich nicht mehr weit zu meinem Wagen."

Hubert und Rudi schlenderten quer über das Bowling Green, ein Stück weit die Wilhelm Straße hinunter bevor sie rechts abbogen, um zum Marktplatz zu gelangen, wo die Lumen Bar weit über den Marktplatz sichtbar mit blauen und lila Lichttönen die Nachtschwärmer wie Mücken anlockte.

Hubert bestellte sich ein Pils, während sich Rudi für einen Gin Tonic entschied.

Die beiden stießen stumm mit ihren Gläsern an, nippten einen Schluck und starrten ins Leere.

Na ja, Rudis Blick ging nicht ganz ins Leere und blieb im tiefen Ausschnitt der Barfrau hängen.

„Ja, Max und Moritz", seufzte Hubert.

„Nee, Hans und Franz", lachte Rudi.

„Du bist unverbesserlich, weißt du das?"

‚Ja, weiß ich', antwortete Rudi und schaute nun Hubert in die Augen.

„Sag mal Hubert, habe ich das nun alles richtig verstanden?" Eröffnete Rudi ein Gespräch.

„So wie die Akten von dem Alten Schmeller offenbaren und das was in den Büchern von dem Dr. Kowalski in der Charité Registratur steht, dann hat der Moritz Schabowski doch nur Kenntnis von der Elke Franke und dem Gynäkologen gehabt?"

‚Ja das sehe ich genau so.'

„Und demzufolge ist der Moritz Schabowski der Mörder von dem Dr. Kowalski?"

„Davon ist auszugehen. Das einzige Indiz ist jedoch seine DNA, die er jedoch mit Max Schmeller teilt. Aber da der zum Zeitpunkt des Mordes in Mainz, schon drei Jahre lang in Butzbach eingesperrt war, kommt eigentlich nur der Moritz Schabowski dafür infrage."

„Die Akten vom Alten Generalleutnant Schmeller, die hat aber nur dessen Enkelsohn Max Schmeller zur Kenntnis gehabt, die Inhalte dieser Dokumente hat der Moritz Schabowski nie zu sehen bekommen."

„Davon ist auch auszugehen Rudi. Das sehe ich genau so."

„Ja aber dann war der Max Schmeller, der einzige der wusste, dass Fritz Winkler alias Bernd Meier, der leibliche Vater der Zwillinge war."

„Genau Rudi, Max Schmeller war der Einzige. Selbst Elke Franke, die Mutter der Zwillinge wusste nichts davon. Die wusste zwar, dass Fritz Winkler der Vater ihrer Zwillinge ist, glaubte den Fritz Winkler aber Tod und in Hohenschönhausen beerdigt.

Max Schmeller war wirklich, der einzige der wusste, dass sein Vater, der Fritz Winkler, unter dem Pseudonym Bern Meier in Friedberg den Kiosk betrieben hat.

Und zu allem Überdruss, war der Fritz Winkler eigentlich das größte Arschloch von all denen, die hier verwickelt waren.

Der Bernd Meier, der war nur ein armes Schwein und ein Opfer des Arbeiter und Bauernstaates."

„Aber Hubert, dann kann doch nur der Max Schmeller den Kioskbesitzer umgebracht haben. Also war der zu Recht des Mordes verurteilt und hat zu Recht in Butzbach gesessen."

„Ja, zu Recht hat der gesessen. Und ich habe ihn dort rausgeholt."

„Dann muss man ihn jetzt halt wieder einsperren, oder?"

„Nein das geht nicht. Der Max Schmeller wurde für den Kiosk Mord verurteilt und in einem Wiederaufnahmeverfahren freigesprochen, das war es. Ihn nun noch einmal in derselben Sache anzuklagen, das verbietet die Deutsche Rechtsprechung. Und das weiß der Max Schmeller. Ansonsten hätte er seinen Zwillingsbruder nicht mit seinen Reisedokumenten ausgestattet nach Brasilien abtauchen lassen."

„Aber auch das ist doch strafbar, muss er sich nicht dafür verantworten der Max Schmeller?"

„Natürlich ist das strafbar, aber das kann doch keiner beweisen, dass der Max Schmeller seine Reisedokumente nicht doch verloren oder geklaut bekommen hat."

„Und der Moritz Schabowski, was passiert mit dem?"

„Der lebt in Brasilien. Als Max Schmeller oder als Moritz Schabowski.

Vielleicht auch einmal so und einmal so. Der hat die freie Auswahl."

„Müssen den die Brasilianer nicht ausliefern? Hubert, die müssen den doch ausliefern, oder?"

„Dafür müsste man den Moritz Schabowski zuerst einmal finden. Das ist schon so gut wie ausgeschlossen. Wenn man ihn findet, dann müsste die Bundesrepublik Deutschland einen Auslieferungsantrag stellen. Ob dem stattgegeben wird, ist eher fraglich. Außer einem Indiz gibt es ja weiter keine

Beweise dafür, dass der Schabowski den Kowalski wirklich umgebracht hat."

„Ja, das ist doch aber eindeutig."

„Eindeutig ist bestenfalls, dass deine Corvette heute Nacht gut bewacht wird."

„Ach, Hubert, jetzt erinnere mich doch nicht daran. Und dem Max Schmeller passiert jetzt gar nichts mehr. Der lebt nun als Mörder mit seiner Adoptivmutter unbehelligt in Frankfurt Sachsenhausen."

„Genau so, da passiert nix mehr."

„Hubert, aber egal wie den Zwillingen mitgespielt wurde, die sind beide Mörder und leben beide in Freiheit der eine in Rio und der andere mitten unter uns in Frankfurt, das ist doch nicht gerecht?"

„Aber rechtens!"

„Wie soll ich das nun verstehen? Wie meinst du das, dass das rechtens ist?"

„Nun gut, der Moritz Schabowski hat sich der Strafverfolgung entzogen und wurde dabei von seinem Zwillingsbruder tatkräftig unterstützt. Zumindest dürfen wir das so annehmen.

Um den Max Schmeller dafür zu belangen, dafür müsste man ihm beweisen, dass er seinem Bruder die Reisedokumente übergeben hat. Er behauptet aber, dass er diese verloren hat. Ihm das Gegenteil zu beweisen, noch mal, das wird schwer bis unmöglich sein. Aber es ist auch gut, dass hier in Deutschland keiner wegen eines Verdachtes belangt wird.

Sondern nur dann, wenn ein Tatbestand auch bewiesen ist."

„Aber wegen dem Mord am Kioskbesitzer, das kann man doch beweisen oder glaubst du nicht."

„Rudi. Ich versuche noch einmal es dir zu erklären. Wenn du in Deutschland wegen einer Sache verurteilt oder freigesprochen worden bist, dann kannst du für dieselbe Sache nicht noch einmal angeklagt werden. Das ist so!"

„Aber auch wenn, das so ist, das ist doch nicht gerecht Hubert."

„Hier redet doch aber auch keiner über Gerechtigkeit! Rudi verstehe doch bitte. Ein Gericht, ein Richter, kann nur Recht sprechen.

Gerechtigkeit erfährst du nur von höheren Warten.

Das ist wie mit deiner Corvette.

Ein Gericht wird nun entscheiden, ob es rechtens war deine C3 vor dem Kurhaus einfach so abzuschleppen. Nach all deinen Parksünden war es aber nur gerecht, dass man dir das Auto abgeschleppt hat."

„Hubert nun war ich fast so weit zu verstehen. Aber nun hast du mich wieder verloren.

Selbst wenn es rechtens ist die Corvette vor dem Kurhaus abzuschleppen, so empfinde ich das doch als äußerst ungerecht mir gegenüber.

Ich nehme noch einen Gin Tonic!"

„Und ich noch ein Pils bitte!"

ENDE

Nachwort

Ich, der Autor dieses fiktiven Romanes, wurde 1954 in der BRD geboren. Meine Eltern- und Großelterngeneration haben mir von den Zeiten vor und während des Zweiten Weltkrieges erzählt. Auch und vor allem von den entbehrungsreichen Nachkriegszeiten. Bewusst und bereits am Fernsehapparat habe ich den Bau der Berliner Mauer wahrgenommen und eine lange Zeit war die DDR in meinem Leben eine gegebene und nicht rückgängig zu machende Realität. Umso mehr hat mich die Öffnung der Mauer und die daraus resultierende Wiedervereinigung Deutschlands emotionalisiert. Die DDR selbst habe ich zum ersten Male nach der Öffnung der Grenzen Anfang 1990 besucht. Dieser Besuch, der einen beruflichen Hintergrund hatte, weckte in mir zunächst Interesse an den Menschen im Osten Deutschlands und danach Interesse an der Geschichte des Landes. Viele Einblicke, die mir das Bildungssystem in der BRD verweigerte, habe ich mir noch vor der Wiedervereinigung Deutschlands durch das Studium vieler Publikationen in Büchern oder dokumentarischen Filmen verschafft. Auch der Kontakt und das Gespräch mit Menschen, die in der DDR lebten, haben mir meinen Horizont weit über die innerdeutsche Grenze hinaus geweitet. Das hat vielleicht dazu beigetragen, dass in meiner Fantasie, dieser fiktionale Roman entstanden ist. Es war nicht meine Absicht einen Kriminalroman zu schreiben, der zum größten Teil seinen Ursprung im Osten Deutschlands hat. Erst nachdem Max Schmeller in seiner Zelle im Westdeutschen Butzbach erwacht war und erst nachdem die Amsel über die Gefängnismauern die Freiheit des hessischen Berglandes wie selbstverständlich für sich eingenommen hat, erst in diesem Moment hat die Geschichte in meinem Kopf eine Richtung bekommen. Auch die Tatsache, dass sich die Öffnung der Mauer in diesem Jahr 2019 zum dreißigsten Male und die Wiedervereinigung Deutschlands im nächsten Jahr 2020 zum dreißigsten Male jährt, auch das ist mir erst bewusst geworden, als Hubert von Hohenstein im letzten Satz des Romanes noch ein Pils bestellte. Was ich ihnen mitteilen möchte ist, dass dieser fiktionale Roman im Grunde genommen nicht bewusst, sondern eher unbewusst in meinem Kopf entstanden ist. Auch die Tatsache, dass damit Deutsche Geschichte der letzten siebzig Jahre Basis dieses Kriminalromans wurde, auch das ist eher ein Zufall. Aber sehr wahrscheinlich dem Umstand geschuldet, dass ich ein Teil dieser Deutschen Geschichte war und bin. Eine Zeit, die ich bislang in Wohlstand, Frieden und vor allem Freiheit leben durfte. Aber wohl wissend, dass das nicht für alle meiner Generation zugehörigen in gleichem Maße gilt. Vielleicht ist das ein Grund dafür, dass mir dieser fiktionale Roman, in dem alle geschilderten Handlungen und Personen frei erfunden sind, so wie niedergeschrieben, in den Sinn kam. Ähnlichkeiten mit real existierenden Personen sind rein zufällig und vom Autor nicht beabsichtigt.

Zeitfracht Medien GmbH
Ferdinand-Jühlke-Straße 7
99095 Erfurt, Deutschland
produktsicherheit@kolibri360.de